AF452463

LES OPVSCVLES

D'HOMERE.

Qui sont

LA BATRACHOMYOMACHIE.

LES HYMNES.
LES EPIGRAMMES.

DE *LA VERSION DE SALOMON CERTON* Conseiller, Notaire, & Secretaire du Roy, maison & Couronne de France, & Srecretaire de la chambre de sa Maieste.

A PARIS,

Chez THOMAS BLAISE, ruë S. Iaques, a l'image sainct Thomas.

M. D.C. XV.

Auec Priuilege du Roy.

1178

LA BATRACHOMYOMA-
CHIE D'HOMERE.

A R l'inuocation des Muses ie commancè
Qui deſſus Helicon menent leur saincte
dance,
Affin que ie leur ſonne vn chant plaiſant
& dous
Que i'ay depuis n'aguiere écrit ſur mes genoux :
C'eſt vne grand' bataille, œuure plein de merueilles
Du tumultueux Mars, treſdigne des oreilles
Des hommes qui l'orront raconter vrayèment,
Comme rats & ſouris allerent brauement
Grenouilles aſſaillir, contr'imitans les geſtes
Des Geans terrenez (encontre les celeſtes.)
Or les hommes mortels le racontent ainſi,
Et voicy la façon que commencea cecy.

   Vn rat mourant de ſoif rechappé de la pate
Du chat, venoit mouiller ſa barbe delicate
Dedans l'eau d'vn eſtang, & ſe reſiouiſſoit
Le cœur dedans ceſte eau qui le rafreſchiſſoit,
Alors qu'vn grenouillat, comme il n'y prenoit garde
Vint a l'araiſonner d'vne voix babillarde.

Narra-
tion.

Bb ij

Estranger qui es tu, d'où viens tu de ce pas.
De quelles gens es tu? parle, & ne me mens pas,
Si ie te recognois de mon amitié digne
Ie te recueilleray dans mon palais insigne
Où tu auras de moy dons d'hospitalité
Tant en rare valeur qu'en grande quantité.
Enfleiouë ie suis, roy de mainte grenouille
Qui par le clair des eaux dans cest estang gargouille
Et me rendent honneur. Bourbas mon pere fut,
Et de luy Reynedeau autresfois me conceut
S'amouraschant de luy dessus le beau riuage
Du fameux Eridan. Or ie voy ton corsage
En force & en beauté tous aultres surpassant,
Tu parois comme vn roy son sceptre haut dressant,
Et seras tousiours pris pour auoir du courage.
Ainsi donc conte moy ta race & ton lignage.
  Grugemiette a ces mots repond & dit ainsi
Pourquoy de mon lignage as tu tant de soucy,
L'amy? le fault il dire? il est tant manifeste
Tant aux hommes mortels qu'a la troupe celeste.
Grugemieté est mon nom, (le braue & le vaillant,)
Fils du grand Croquepain courageux bataillant,
Lechemeule est ma mere: or fille (vnique) est elle
Du roy Mascheiambon, si m'engendra la belle
Dans vn trou, me nourrit dans les lieux souterrains
De figues, & de noix, & de tous autres grains.
Et comment pourrois tu faire vne amitié stable
Auec moy qui ne suis d'vn naturel semblable?
Tu as accoustumé de viure dans les eaux,
Moy sur terre, ou ie vay manger les bons morceaus,

Rien n'echappe a mes dents : le pain blanc a merueille
Ie le vay grignoter dans la ronde corbeille,
La tartre, le gasteau, la tranche de iambon :
Les foyes, les geziers, tout me duit & m'est bon',
Le fromage plus gras de la plus fine créme
Le metier, les cornets, & le macaron mesme
Desiré des grands Dieux , bref , les plus friands mets
Que tous les cuisiniers inuenterent iamais
Ne me rechappent point , (a gogo ie m'en baille.)
Au demeurant, iamais le bruit de la bataille
Ne me peut faire peur , tousiours ie suis allé
De grand cœur aux combats, aux coups me suis meslé,
N'ay craint ne redouté quelque homme que peust estre,
N'y quelque fort qu'il fust: ie me suis fait parestre
Iusques a son cheuet le voyant sommeiller,
Ou ie luy mors les doits, & sans le reueiller
Ie le pren par le pié, & luy fay bonne guerre
Ie ne crain seulement que d'eux choses sur terre,
L'eperuier & le chat , qui me font mille ennuis,
Et la ratoire aussi dont aguetté ie suis ,
Et dont ma mort depend si sur moy elle est close
Mais le malheureux chat ie crain sur toute chose
Qui me poursuit tousiours , dessus le trou m'attend,
M y cerche de sa pate , & sa griffe y estend.
Pour le chou , le ressort , la coloquinte & bete
Ie n'en suis point friand , & là ie ne me iette,
Et l'absynthe non plus ne me contante pas ,
A vous dans vos marais conuiennent ces repas.
    Ensieioué a ces mots dedans son discours r'entre :
Estranger tu fais bien vn grand cas de ton ventre

Aa iij

Marginal notes:

naturel, & contraire faço de viure d'vn rat & d'vne Grenouille

Vaillance de Grugemiette.

Trois ennemis da Grugemiette.

Enfleioue de rechef a Grugemiette,

Et de tes bons morceaux : & nous auons aussi
Dequoy nous delecter dedans ces eaux icy,
Et mesmes sur la terre : & la beneficence
Du benin Iupiter nous donne a suffisance
Dequoy nous reſiouir, nous gambadons, saultons
Sur la terre & le pré, puis, nous nous reiettons
Et nous cachons dans l'eau sans nous faire paroistre
Que si tu as deſir de le voir & cognoiſtre,
Rien n'est de plus aiſé : car ie te porteray
Brauement sur mon dos, (& l'eau te paſſeray,)
Tien toy bien seulement, affin que tu paruienne
En plaiſir & seurté dedans la maiſon mienne.
  Ce diſant il s'aproche & luy donne le dos,
L'autre saute deſſus & gaillard & diſpos,
Et autour de son col ses deux petits bras iette.
Pour le commancement (deſſus ceſte eau ſi nette)
Il se reſiouiſſoit pres du port meſmement
Regardant son porteur nager ſi galamment.
Mais quant tout a l'entour il se vit pris des ondes,
Prest d'eſtre submergé dans les vagues profondes,
Ce fut lors a ietter des pleurs hors de saiſon,
Ce fut a regretter, mais trop tard, sa maiſon,
A tirer ses cheueux : tant plus au large il entre
Il se serre les piez tout le long de son ventre,
Il palpite du cœur, & deſire ardamment
De se reuoir sur terre : il tremble horriblement
Du froit qui le saiſit, il demene la queuë,
La fait seruir de rame au prix qu'il la rameuë,
Et suplie les Dieux le vouloir exaucer,
Vouloir pour vn bon coup en terre le plac●:

Mais il est suffoqué de l'onde au prix qu'il prie
En fin sa voix il hausse & tant qu'il peult s'ecrie
  Ce ne fut pas ainsi que le fardeau d'amour
Fut porté sur les eaux dans Crete (au beau seiour,)
Et iamais le toreau ne porta sur sa crope
D'vne telle façon son amoureuse Europe,
Comme cete grenouille au trauers de ces flots :
Me porte en sa maison monté dessur son dos,
Blesme & palle de peur. Il finit sa voix triste
Quant vn cruel serpent paroist a l'improuiste
Qui le col hault & droit s'en venoit droit a eux,
Spectable a l'vn & l'autre horrible & dangereux :
Ensleiouë le voit, & de crainte se plonge
Dans le profond du lac, sans que beaucoup il songe
Quel compagnon il perd, il quitte & met a mort,
Ainsi se garantit du mortifere sort :
L'autre demeure seul laissé sur l'onde perse,
N'estant plus soustenu il tumbe a la renuerse
Serre & esteint ses mains, & meurt en fremissant :
Or il tumbe, & se perd au fond du flot glissant,
Or il reuient dessus : il regimbe, il demene,
Mais il ne peut fuyr a la mort inhumaine :
Ses poils tous embuz d'eau extremement pesoient
Et tant plus dans les flots enfondrer le faisoient,
En fin prest a perir dessus les ondes molles
Deuant que d'expirer il tint telles paroles.
  Tu n'echapperas point la vengeance des Dieux,
Puis que tu m'as ioué ce trait malicieux,
Desloyal Ensleiouë, & qui d'ame maligne
M'as ietté dans ceste eau de dessus ton eschine,

A a iiij

Ainsi que d'vn rocher : perfide que tu es
Tu n'eusses pas esté plus fort ne plus mauuais
Sur la terre que moy, ie dy en toute sorte
De course, de combat, & de lucte tresforte :
Mais i'ay esté trahy : par toy ayant esté
Dans cest abisme creux perfidement retté.
Dieu garde vn œil vengeur (que personne n'euite,)
Tu payeras ma mort au puissant exercite
Des rats & des souriz. Le pauuret ainsi dit,
Puis suffoqué des eaux son esprit il rendit.
   Or fut il aperceu disant ceste parole
Du vaillant Lecheplat (car sur la riue molle
Pour lors il reposoit) qui hurlant tristement
Courut a tous les rats l'annoncer vitement.
Ce qu'ayant entendu, leur ame en fut troublée,
Manderent aux herault d'appeller l'assemblée
Des le fin poinct du iour dedans le palais fort
Du vaillant Croquepain pere du pauure mort,
Du pauure Grugemiette, a qui sur l'onde perse
Flotoit piteusement le corps a la renuerse,
Et n'estoit sur le bord le triste & malheureux
Mais loing, dans le milieu du lac horrible & creux.
   Quant ils furent venuz en diligence extreme
Auec le poinct du iour, Croquepain palle & blesme
De l'ennuy qu'il auoit pour son cher enfant mort.
Commencea ces propos se compleignant bien fort.
   Bien qu'en particulier ce fait seul me regarde,
Si estce, mes amis. si on y prend bien garde
Qu'il touche en general a la societé
Des rats & des souriz, a leur communauté,

Bref que tout ce malheur des Grenouilles procede.
Or la misere en moy sur tous aultres excede,
J'ay perdu trois enfans. Nostre ennemy comman
Le chat traistre & cruel m'en a massacré l'vn,
Hors du trou l'atrapant de sa patte meurtriere :
L'autre apres a esté surpris en la ratiere,
Artifice maudit dont les hommes meschans
La traistre inuention dans l'enfer vont cerchans,
Des souris & des rats la ruyne cruelle.
Le tiers que i'esleuois d'vne amour paternelle,
Que sa mere aimoit tant, trahy, vendu: moqué,
Seuoit par Ensleiouë en son lac suffoqué :
Sus donc, que tardons nous ? armons nous ie vous prie,
Et sortons animez sur ces gens en furie :
Chascun prenne sur soy ses armes vistement,
Et d'vn harnois complet s'orne diuersement.

    Ayant dit en ces mots, a tous il met en teste
De se ietter aux champs, & Mars les admoneste
De se porter vaillans : leur monstre le mestier
Et l'ordre de la guerre. Ils prennent en premier
La greue & la iambiere ingenieuse & belle
Les gousses de la febue, (inuention nouuelle,)
Qu'en grand' haste ils auoient rongée toute nuit :
Puis mettent sur leurs corps le corcelet bien duit
Fut de tuyaus de cane, & dont la couuerture
Estoit faite d'vn cuir de la peau forte & dure
D'vn vieux chat qu'ils auoient entr'eux cruellement
Tout en vie escorché. Puis portoient galamment
Le rondache en leur col, (rondache a double cercle,)
Qu'ils auoient inuenté du dessus du couuercle

D'une forte, lanterne : & leurs lances estoient
Aiguilles d'acier fin, armes qu'ils empruntoient
Des boutiques de Mars : mais ils couuroient leur testes
Des coquilles de noix & coques de noisettes.
Ainsi marchoient les rats en bataillon instruit.

Grenouilles au conseil Les grenouilles du lac en ayans eu le bruit
Sortirent hors des eaus, (& sauterent sur terre)
Pour tenir le conseil sur le faict de la guerre.
Comme elles consultoient sur ce tumulte affreux,

Τυρόγλυφος Et d'ou pouuoit venir ce trouble dangereux,
Elle voyent venir un herault deuers elles
Portant le sceptre en main, en bouche les nouuelles :

Εὐβασίχυτρος Sault'enpot fut son nom, audacieux enfant
Du fort creusefromage entre rats triomphant,
Qui leur tint ces propos de braue contenance.

Sault'enpot herault des rats leur denôce la guerre. Grenouilles de marais, les rats pleins de vaillance
M'enuoyent deuers vous de mort vous menacer,
Et la guerre a outrance a vous tous annoncer.
Ils ont veu Grugemiete estendu sur vos ondes,
Vostre roy Enfleioué en vos maisons profondes
L'a tué méchamment, partant aprestez vous
Si vous auez du cœur a la guerre & aux coups.

Les Grenouilles en sont troublées. Ce disant il s'en va. Ceste dure nouuelle
Infiniment troubla le cœur & la cruelle
De la superbe gent, & de la nation
Qui faisoit dans les eaux son habitation.
Et comme tous blasmoient Enfleioué en grand ire
Il se leue debout, & puis se prit a dire :

Enfleioué s'excu- Amis, ce n'est point moy qui ay donné la mort
A ce rat malheureux, (on m'en accuse a tort,)

Moins l'ay-ie veu perir : plustost ie coniecture
Qu'au long de ce riuage en iouant d'auanture
Et voulant essayer de nager comme nous
Il se sera noyé. Or iugez entre vous
Comme ce méchant rat encontre moy propose
Son accusation veu que ie n'en suis cause.
Mais si vous m'en croyez, deliberons comment
Nous mettrons tous ces rats a mort entierement,
Et ie vous en diray au vray ce qu'il m'en semble
Armons nous, tenons nous bien serrez tous ensemble
Sur ce riuage hault, d'ou l'on ne peut sauter
Pour l'extreme hauteur, sans se precipiter.
Quant ils viendront sur nous d'vne courst soudaine,
Par la teste & l'armet chascun son homme prenne
Et le renuerse en l'eau rat & armes étout,
Moyen n'est plus certain pour en venir about.
Nous les suffoquerons & noy'rons a puissance
Eux qui n'ont de nager aucune experience,
Morts dedans nos estangs nous les renuerserons
Et de nostre victoire vn trophé dresserons.

　Ayant dit en ces mots, a ces gens il fait prendre
Les armes sur le dos : en premier vient étendre
Pour greues, dextrement sur les iambes de tous
Des mauues en feuillars, (pour resister aux coups.)
Leurs cuirasses estoient bettes grandes & larges,
Feuilles de chous épais portoient au lieu de targes,
Pour leurs laces auoiet de beaux, grands, & droits iongs
Et pour leurs corcelets coques de limaçons :
En ce bel armement, en ce fort equipage
Elles se vont camper sur le hautain riuage,

se a l'assemblée de la mort de Grugemiete.

Les incite a la guerre

Armes des grenouilles.

Leurs piques en leurs mains branlantes fierement
Et d'vn cœur courageux s'enflants superbement.

Iupiter montre ses armees aux Dieux.

Iupiter les voyant de sa voulte ætheree,
A tous les Dieux monstroit la troupe coniurée
Des braues combatans : leur nombre merueilleux,
Combien grands, combien forts, & combien orgueilleux
Leurs armes & leurs dards : tels que les fiers Centaures
Marcherent autresfois, & les Geans encores :
Puis riant doucement, a part leur demandoit
Qui estoit pour les rats, & qui chesse rendoit

Iupiter a Pallas

Des grenouilles du lac : entre eux tous il s'adresse
A Pallas, & luy dit : Fille de grand' prouesse
Dy moy, n'iras tu point a l'ayde & au secours
Des rats & des souriz, car ils sautent tousiours
Et trottent por ton Temple, a l'odeur des viandes
Et des frians morceaus qu'on t'offre pour offrandes.

Pallas a Iupiter

   Auquel repond Pallas. ô pere Iupiter
N'aduienne que iamais au rats i'aille assister,

Elle se pleint des rats

Quant ils seroient cent fois & cent fois d'auantage
Des Grenouilles troublez : ils m'ont trop fait d'outrage.
Ils m'ont rongé, gasté, mes ornemens plus beaux,
Mes lampes renuersé, mordillé mes flambeaux,
Gasté toute mon huile : & ce qui plus m'offence
Et me perse le cœur de depit quant i'y pense
Mon voile, mon beau voile helas, que i'auois faict,
Et de mes propres doits tissu d'vn art parfait,
Ils me l'ont percé tout, & de malice extresme
M'ont tout remply de trous & l'estaim & la tresme :
Et le maistre ouurier pour l'auoir racoutré
M'a voulu rançonner : dont i'ay le coeur outré

Pour ce qu'il m'a falu son racoutrage prendre
Par emprunt & credit, & ie ne le puis rendre
Ce n'est pas pour cela que ie veille non plus
Porter aucun secours aus manans des Palus,
Grenouilles qui n'ont rien de ferme ne de stable,
Sans respect ne raison, enfance variable.
Comme ie reuenois de la guerre ces iours
Leur malheureux gosier cria, brailla tousiours,
Et iamais de dormir, il ne me fut possible
Bien que ie fusse lasse, ains de façon nuisible
Criaillans sans cesser, ne me permirent point
De fermer seulement les yeux en vn seul poinct,
Et ie demeuray la pour leur clameur infecte
Sans reposer, ayant fort grand douleur de teste,
Iusques au poinct du iour que i'entendy le cry
Et le chanter du coq. Mais cessons ie vous pry
Entre nous aultres Dieux de leur ayder asteure
Que quelqu'vn ny reçoiue ou playe ou meurtrisseure;
Car leurs dards sont pointuz, (bien emouluz de fraiz,)
Puis ils sont en colere & combatent de pres,
Et ne respecteroient au fort de la rencontre
Quelque Dieu que ce fust qui leur viendroit encontre:
Trop bien regardons les du Ciel se batre en bas,
Et prenons du plaisir a voir ces beaux combats.

　　Aux propos qu'elle tint les Dieux condescendirent,
Et tous en mesme lieu pour les voir se rendirent.
　　Apres, les deux heraulx s'aprocherent des camps,
Et pour signal de guerre alloient les prouoquants,
Les legers moucherons sonnoient de leurs trompetes
Tant du costé des rats que des raines infectes.

Se pleint aussi des Grenouilles.

Donne aduis aux Dieux de ne se mesler point de ceste guerre.

Les armées marchent l'vne contre l'autre.

Iupiter tône du du Ciel.

Animans au combat : Et du Ciel Iupiter
Pour la guerre s'ouit tonner & tempester.
Braillehault le premier deuant les rangs s'auance
Et blesse Lechequeuë auec sa forte lance

Y ψ- ϛόας. L'a ba- taille cōmī- ce fu- rieuse- ment.

Au foye dans le ventre, a ce coup merueilleus
Il chet le nez en terre, & ses tendres cheueus
Il souille dans la poudre : Hantetrou a sa suite
Dessus le fort Fangeas son Iauelot incite
Et dedans l'estomac l'atteint mortellement.

Λειχ- ίω'ορ.

Ainsi qu'il trebuchoit, la mort soudainement
Vint ses membres saisir, (luy osta la parole)

Τρωγ- λοδύ- της.

Et son ame en fuyant hors de son corps s'ennole
Poreton a l'instant de son dard attrapa
Sault'empot dans le ceur, & a mort le frappa :

Πηλεί- ων.

Et le fort Maschepain au combat cruel entre
Et blesse Caquetard au beau milieu du ventre,

Σευτ- λαῖος.

Qui tumbe sur le nez, & l'ame le laissa.

Ἀρτο- φάγος.

De ce fait Gargouilleau grandement s'offencca
Et frapa Hantetrou du pesant d'vne pierre
D'vne piece de meule, (& le ietta par terre,

Πολύ- φωνος.

Par le milieu du col le frapa furieus,
Et la mortele nuit luy vint poisser leus yeus.

Λιμνό- χαρις.

Lechequeue le vit, & de sa lance haulte
Le blessa par le foye & ny fit point de faulte :
Ce voyant Mange chous de la grande frayeur
Se lançoit dedans l'eau tant le coup luy fit peur,

Κραμ- βοφά- γος.

Mais il n'euita pas (pour fuir) la mort blesme,
Car l'autre le suiuit, & contre l'estang mesme
A la mort le blessa : Il chet pres de l'estang,
Le flot deuint tout rouge & coloré de sang,

Et luy gist étendu sur l'herbe toute épesse
Poussant encor des flancs tous blanchissans de graisse.
Aymelac suruenant sur la riue fouilla
Creusefromage mort, d'armes le depouilla :
Cruse jambon apres en sang sa lance teinte
Mit Pouliot en fuite, & de mortele crainte
Le forcea de sautter dedans l'estang fangeus
Apres auoir perdu son bouclier ombrageus.
Patouilleau mit a mort Rongejambon (le sage)
Le frapant d'vn caillou droit dedans le passage
Ou tumbent les morceaus, le cerueau luy couloit
Au trauers des nareaus, du sang qui distiloit
La terre étoit souillée. En cete grand' deffaite
Lecheplat frappa droit Couchemboue a la teste
D'vn coup de Iauelot qu'il lançea furieus,
Dont le brouillas mortel luy offusqua les yeus.
Mange porreaus le vit, & d'ire & de vergogne
Sur Sentirest se iette & par le pié l'empogne,
Dans le lac le suffoque, en luy mettant la main
Sur la teste & le col, d'vn courroux inhumain.
La Grugemiete arriue, & fait aspre vengeance
De ses compagnons morts, sur Desmarais s'auence,
Par le ventre l'atteint d'vn mortifere fer :
Il chet mort deuant luy, & son ame en enfer
S'enuole grommelant : Hantemare reuange
Sur le champ cette mort, prend plein son poing de fange
La iette contre luy, le frappe droit au front
Et l'aueugle a peupres. L'autre de cet afront
Iustement indigné se baisse contre terre
Et de sa forte main empogne vne grand pierre

Λυμνάσιος.
Πτερόγλυφος.
Καλαμίνθιος.
Ὑδρόχαρις.
Πτερνοφάγος.

Βορβοροκῶτης.
Πρασσοφάγος.
Κνισοδιώκτης.
Ψιχάρπαξ.
Πηλύσιος.
Πηλοβάτης

Poix massif & pesant, duquel il attrapa
Hantemare le fort, au genouil le frapa,
Le coup faict tous les os de la cuisse dissouldre,
Et l'autre sur le nez tumbe dedans la poudre.

Κραυ-
γασί-
δης.
Brail'emboüe le guette, & le vange a l'instant,
Et son grand coup luy va dans le ventre portant,
Du iong la pointe aguë aysement dedans entre,
Et les boyaux a bas luy tumbent hors du ventre

Σιτο-
φάγος
Au tirer de la lance : vn coup si dangereux
Par Croqueuiande veu le rendit tout peureux :
Il estoit sur le hault du limouneus riuage,
En boitassant il fuit ce dangereus orage,
Peu a peu se retire en se doulant bien fort,

Τρω-
ξάρτης
Et saulte dans l'estang se sauuant de la mort,
Croquepain cependant Enfleioue demande,
Le blessé au hault du pié, dont sentant douleur grande
Se iette dans le lac, Croquepain qui le vit
Demy-viuant encore en haste le suiuit.

Πρα-
σσαῖος.
Desirant l'acheuer : mais Duporreau s'auance
Qui se met au deuant, de vitesse s'elance,
Passe les premiers rangs, & iette son iong fort
Sur celuy qui suiuoit ce pauure demy-mort :
Le iong quoy que poussé d'vne force non lasche
Ne perse toutesfois la force du rondache,

Happe-
lopin
grand
guer-
rier, &
prince
excellét
entre
les rats.
Mais seulement s'y pique, & le fer pendillant
Alloit contre l'escu en replis brandillant.

      Là fut vn iouuenceau de prestance agreable
D'adresse nompareille, & de force admirable
Entre les fils des rats, qui sur la nation
Auoit commandement, sans reprehension,

Enfant

Enfant de Guettepain le formidable Prince.
C'estoit Happelopin l'honneur de la prouince,
L'accomparable a Mars, qui de pres combatoit,
Et de force & valeur tous les rats surmontoit.
Cetuy la s'apparut tout seul sur le riuage
Des autres separé, disoit qu'il feroit rage,
Qu'il extermineroit sans nulle exception
Des Grenouilles des eaux l'infecte nation,
Et sans faillir l'eust fait, tant sa force estoit grande,
Sans le pere des Dieux qui sur le Ciel commande
Qui sa menace ouyt, & voulut secourir,
L'engeance des marais qui s'en alloit perir :
Car il en prit pitié : adonc de grand' puissance
Il ebranle sa teste & ces propos commance.
    Dieux de l'Olympe hault, ie regarde la bas
Vn merueilleux effort que preparent les rats : :
Ce fort Happelopin grandement m'espouuante,
Ie le voy pres du lac, qui se braue & se vante
De ruiner du tout & mettre entierement
Les grenouilles a mort : secourons vitement
La pitoyable gent, enuoyons y Minerue
Et Mars l'impetueux qui les garde & conserue.
Ils pourront resister a son cruel effort
Et le surmonteront encor qu'il soit tresfort.
    Ainsi dit Iupiter (qui le tonnerre eslance,)
Auquel Mars respondit, il n'est en la puissance
De Pallas ny de Mars de pouuoir repousser
Des grenouilles la mort qui les va menacer,
Mais allons y nous tous, & descendons en terre
Pour leur donner secours, ou darde ton tonnerre

B b

Iupiter
enuoye
du se-
cours
aux
Gre-
nouil-
les qui
s'en al-
loient
deffai-
ctes.
Iupiter
aux
Dieux
sur la
crainte
qu'il a
de Hap
pelopin
Delibe-
re d'y
enuoy-
er Mi-
nerue &
Mars.
Mars a
Iupiter

Qui chaſſa les Titans, & que tu deſployas
Contre les fiers Geans, alors que tu lias
Encelade le fort, & iettas en ruyne
La reuolte & l'orgueil de la gent bigantine.

Il dit, & Iupiter ſon foudre demena :
Pour le commancement ſourdement il tonna,
Puis émeut tout le Ciel, en fin d'vn bras terrible :
Il tournoya le trait de ſon tonnerre horrible,
Qui vola de la main du Roy hault dominant
Et grenouilles & rats alla fort eſtonnant.

L'exercite des rats pour cela ne s'arreſte,
Mais de fort en plus fort a ruiner s'apreſte
Ses bourbeus ennemis, & d'vn cruel aſſault
Reua les attaquer. Mais de l'Olympe haut
Iupitér eut pitié de ceſte pauure engeance,
Et toſt leur enuoya ſecours & deliurance.

Voicy a l'improuiſte arriuer vne gent
Aux ongles recourbez, deſſus le dos ayant
Vne eſpece d'enclume, aux pas lents & obliques,
(Portans deuant le nez vne forme de piques,)
Des forces dans la bouchë, ecaillée en durté,
D'vn naturel oſſeux, de grand' tardiueté,
Tortue, au large dos, l'eſpaule claire & rouge,
Au pié trape-courbé, & qui ſemble ne bouge,
Le col roide des nerfs, de l'eſtomac voyant,
A deux fois quatre piez, & deux teſtes ayant,
Qu'on ne peut prendre aux mains ny manier, qu'en ſoint
Pour les faire cognoiſtre eſcreuiſſes on nomme.

Cette maligne gent s'auanceant pas a pas,
De ſes dents tronçonoit les pieds, les mains des rats

Et les queuës auec : leurs lances en deuiennent
Courbes, ils perdent coeur & plus ne les soustiennent
Ils se mettent en fuite, & laissent le combat.

Le soleil a l'instant se couche. & se rabbat
Dans les eaux d'Ocean : ainsi fut terminée
La guerre dangereuse en moins d'vne iournée.

Le So-
leil se
couche
qui met
fin a la
guerre.

Fin de la Batrachomyomachie.

Bb ij

LES
HYMNES
D'HOMERE.

De la version de SALOMON CERTON, *Conseil-*
ler, Notaire, & Secretaire du Roy, maison
& Couronne de France.

HYMNE SVR APOLLON.

IEme ressouuiendray, d'oublier me gardât
En mes hymnes sacrez, Apollon loin dar-
dant,
Dieu que les autres Dieux dessus la mai-
son mesme
Du treshault Iupiter craignant de crainte extresme,
Se leuent deuant luy quant il aproche d'eux,
Et bande de son arc le croissant dangereux.
La haut chez Iupiter qui au foudre commande
Latone est demeurant, qui la corde debande,
R'enferme le carquois, & de sa main l'arc prend,
Luy oste de son dos, a vn clou d'or le pend,
Et faict assoir son fils le menant en sa place :
Auquel le pere donne yne grand' plene tasse

Les
Dieux
font
hôneur
a Apol-
lon.

De Nectar ſauoureux, monſtrant ſon noble enfant
(A tous les autres Dieux ſi braue & triumphant,)
Qui s'aſſeent auſſi, dont l'irreprehenſible
Latone en ſon cœur prend vne ioye indicible,
Et fait gloire d'auoir vn enfant enfanté
Si fort, ſi iuſte archer, (ſi parfait en beauté.)
　　Ie te ſalue heureuſe en beaux enfans Latone
Dont le ventre fecond vne race nous donne
Belle en perfection : Apollon d'vn coſté
Et de l'autre Diane au bel arc argenté :
Elle dans Ortygie, & luy en l'aſpre Dele
Sortirent de tes flancs, pres d'vne palme belle,
Sous le mont Cynthius a l'eminent coupeau
Le long des bords d'Inope au cours plaiſant & beau
　　Mais comme paruiendray-ie ô Phœbus roy inſigne
A te dire louange aſſez forte aſſez digne
De tes rares honneurs, ou tray-ie cerchant
Pour tes perfections vn meritoire chant ?
La noble inuention des chanſons t'eſt donnée,
Soit quant ta deité s'egayoit promenée
Deſſus la terre ferme, ou le beſtail diuers
S'eſleue & ſe nourrit, ſoit es isles des mers.
Ses rochers plus hautains, les plus humbles collines,
Les fleuues ſe roulans dans les ondes marines,
Les riuages fleuriz, & les ports de la mer
Venoient a ton dous chant leurs gorges animer.
Des le commancement que ta mere feconde
Latone, t'enfanta la lieſſe du monde,
S'enclinant de trauail dans l'inculte delos
Sous Cynthius le mont, les ondes & les flots

Latone
heureu
ſee en ſes
enfans
Apollõ
& Diã-
ne.

Apollõ
inuen-
teur de
la Mu-
ſique.

Apol-
lon né
en De-
los.

B b iij

S'emmonceloient autour de la Nymphe admirable
Sur la terre poussez d'vn vent tresfauorable.
Dans ceste isle tu eus ces commancemens tels
Roy qui vas commandant dessus tous les mortels,
Tant que Crete en contient : que le peuple d'Athené,
Et qu'Ægine, & qu'Eubée inclite & antienne,
Qu'Æga, qu'Eresia, & que Peparethos,
Que les monts Peliens, le Thracien Athos,
Samos la Thracienne, & qu'Ida l'ombrageuse
Et Phocee, & Scyros, & que l'auantageuse
Æutocane en haults monts, qu'Imbre bien habité
Et que Lemnos sans ports, que Lesbos en beauté
Par tout recommandée & demeure gentille
D'Æolion l'heureux, que Chio tresfertile
Sur les isles de mer, que Mimas le pierreus,
Le Coryce hautain, & que le mont ombreux
D'Aisagée, Sonnos ou maint ruisseau deuale,
Tant qu'en contient Milet, que l'esleué Mycale,
Que Coos la cité des hommes, que Cuidos,
Que le venteux Carpathe & Naxos & Paros,
Et qu'en fin Rhenea la pierreuse reuere.

     Grosse d'vn enfant tel vint Latone ta mere
Cerchant & s'enquerant qui feroit le deuoir
De loger son enfant, & de la receuoir.
Toutes ces places la trembloient de crainte grande,
Et nulle n'eut le coeur ouuert a sa demande
Pour receuoir Phoebus en ceste extremité,
Combien que leur terroir eust grand fertilité:
Iusqu'a ce qu'elle vint aborder dedans Dele
Et de ces dous propos la prie & l'interpelle,</pre>

Dele, voudrois tu point estre le doux seiour
De mon fils Apollon, ma ioye & mon amour,
Et luy bastir sur toy quelque riche edifice
Pour luy seruir de Temple a faire son seruice.
Nul ne te touchera, nul ne te suplira,
Et ton terroir, ie croy, iamais ne se plira
Sous le pesant fardeau ne des vaches muglantes,
Ne des beufs encornez, ne des brebis beslantes,
Plantureuse en vandange onques tu ne seras,
Et grande quantité d'arbres ne porteras :
Mais si tu as chez toy de Phœbus le saint Temple,
Mainte belle hecatumbe & magnifique & ample
Tous les hommes mortels icy t'apporteront,
Et pour le suplier sur toy s'assembleront :
D'vne souëfue odeur, d'vne douce fumée
Tu seras a iamais saintement embaumée,
Si tu nourris long temps vn Roy si glorieux
Tu en auras honneur de tous les autres Dieux
Qui te reuangeront de la main estrangere :
Autrement, ta terre est infertile & legere.
Dele prit grand plaisir au propos que luy dis
La Deesse Latone, & puis luy respondit.
Fille du grand Saturne honorable Latone
Ie receurois ton fils de volonté fort bonne,
A cause que ie suis aux hommes en horreur,
Si que par ce moyen i'entrerois en honneur :
Mais ie crain vne chose, & ne seray nul doute
De te la declarer, car par la terre toute
On chante qu'il doit naistre vn certain Apollon
Qui sera d'vn maintien & reuesche & felon,

B b iiij

Latone
a Delos

Delos a
Latone

Qui pouuoir obtiendra fur la troupe immortelle,
Et fur le gras terroir de la race mortelle.
Pour ce fubiet ie crain que des qu'il paroiftra
Sur la terre en naiffant, & me recognoiftra
D'vn terroir fi ingrat, fi haue & fi fterile
Il ne vienne en colere a mefprifer mon isle,
De fes pieds ne m'enfondre au profond de la mer,
Et ne me face en fin fous les eaux abifmer:
Puis aille a fon plaifir autre demeure eslire
Plus plaifante que moy, & s'y face conftruire
Vn temple a fon honneur, & pour fe delecter
Quelque bois ombrageux ne s'y face planter:
Et ne feruiray plus que d'infame retraite
Au vilains veaux marins a la fenteur infecte.
Et les feches fur moy leurs logis marqueront
Horreur a tous paffans qui me mefpriferont.

Delos
veut af-
train-
dre La-
tone
par fer-
ment.

Mais fi tu me voulois par iurement promettre,
ó Deeffe d'honneur, que tu me feras mettre
Vn beau temple ceans, ou les hommes viendront
L'oracle confulter, & auquel conuiendront
Toutes les nations de la terre habitable,
(Tu ferois a mon coeur chofe trefdefirable.)

Latone
iure.

        Elle dit, & Latone auec vn coeur ioyeux
Luy repond en iurant le grand ferment des Dieux:
Scache premierement la terre ou ie chemine,
Et le large & hault Ciel, (demeurance diuine,)
Et le Styx de la bas, qui eft le iurement
Que les Dieux bienheureux ne font onc vainement,
Qu'icy fe dreffera l'autel treshonorable
Et le temple a Phoebus, ou l'odeur defirable

Fumante a tout iamais sans cesse montera,
Et ou sa deité tousiours t'honorera.

Apres qu'elle eut iuré, Dele d'ayse fut plene
De ce que le Roy Phoebe a la fleche lointaine
Deuoit prendre bien tost naissance en ses quartiers.
Et Latone aussi tost durant neuf iours entiers
Et tout autant de nuits ressentit la detresse
Des douleurs de la couche : & là mainte Deesse
D'honneur & d'apparence en presence assistoit
A son enfantement, & la reconfortoit :
L'ancienne Rhea mesme y vint en personne,
Aussi fit Amphitrite, & Themis & Dione,
Et force autres encor' Iuno tant seulement
Ne se voulut trouuer a c'est accouchement.
Mais elle demeura sur la voulte diuine
Ou elle retenoit l'ayde-douleur Lucine
Qui n'en auoit rien sceu : & Iunon le faisoit
D'enuie & de regret que Latone deuoit
Acoucher d'vn enfant de si grande excellence.
Ces Deesses adonc en toute diligence
Enuoyerent Iris dessus le Ciel luysant
A Lucine promettre vn prettieux present
Ascauoir vn colier de riche orfeurerie
De neuf piez de longueur : qu'a part elle la prie
De les venir trouuer, de peur que le scachant
Iunon par dons plus grands ne l'allast empeschant.

Ces propos entenduz Iris fait diligence,
Par le milieu de l'air volant elle s'auance,
Et paruenuë au Ciel appelle vistement
A la porte Lucine, & luy dit briefuement

La charge qu'elle auoit de la troupe honorable
Des Deeſſes viuant' ſur l'Olympe admirable :
Elle la perſuade, & Lucine auſſi toſt
Auec la belle Iris, quitte l'Olympe hault :
Elles volent en l'air comme deux colombelles,
Et viennent en Delos deuers les immortelles.

Lucine arriue & Latone accouche

Alors au meſme inſtant que Lucine aprocha
Latone de l'enfant ayſement acoucha,
Ietta ſes bras autour de la palme honorée
Et poſa ſes genoux ſur l'email de la prée :
La terre ſous ſes pieds de ioye treſſaillit,
Et l'enfant en lumiere incontinent ſaillit :
Les Deeſſes ſoudain le voyans s'ecrierent,
Et dans l'eau belle & nette ô Phœbus te lauerent
Chaſtement, purement, t'enuelopans apres
Dans vn linge bien blanc, delié, fait expres,
Et puis t'emmaillotans d'vne bande tresbelle
En broderie d'or. Tu ne pris la mammelle
De ta mere, Apollon, mais ta bouche ſucça
Le Nectar doucereux que Themis te verſa
De ſes diuincs mains, meſlé de l'Ambroſie
Dont reçoiuent les Dieux leur immortelle vie,
Et ta mere en ſon cœur ſe reſiouiſſoit fort
D'auoir fait vn archer ſi puiſſant & ſi fort.

Or apres que tu eus receu ta nourriture
De Nectar l'immortel & d'ambroſie pure,
Les bandes, les liens dont on t'auoit ſerré
Ne te retindrent plus en ton maillot doré,
Mais tu t'en depeſtras (d'abſolue puiſſance)
Et parlas en ces mots a toute l'aſſiſtance.

Que i'aye deformais le luth pour mon plaifir,
Et les fleches & l'arc ma main vienne faifir:
Au refte, ie feray Prophete veritable
Aux hommes, des fecrets du grand Dieu redoutable.
Ainfi difoit le Dieu aux cheueux longs efpars
Phœbus iettant au loin le doré de fes dars:
Et puis fe demarchant fur les herbes flories
Les Deeffes rendoit de fa grace rauies,
Sous les pas, fous les piez d'vn Dieu fi triumphant
Delos fe couuroit d'or, & regardoit l'enfant
Que le grand Iupiter auoit eu de Latone.
Ayfe qu'vne Deeffe & fi grande & fi bonne
Auoit choifi fa terre, & fait eflection
D'elle, pour y auoir fon habitation,
L'aimant, la cheriffant plus que toutes les ifles,
Et du grand continant les terroirs plus fertiles.
Adonc elle florit plus que les hauts fommets
Des haults monts verdiffans ne florirent iamais.

Il eft vray, grand archer, que ta maiefté fainte
Quelquesfois fe promene en la pierreufe Cynthe,
D'autresfois tu vas voir, ô Dieu a l'arc d'argent,
Mainte ifle maritime, & mainte & mainte gent,
Tu as Temples par tout, & par tout on te dreffe,
On te plante des bois a la verdure efpeffe,
Tous les bouts des hauts monts, ô magnifique Roy
Et les fleuues des murs & les eaux font a toy,
Mais principallement la demeure de Dele,
Deffus toutes te plaift, deffus toutes t'eft belle,
Dele, ou les Iaons a l'ample veftement,
Leurs femmes, leurs enfants, qu'ils aiment cherement

Façons
de faire
des Iao
ns.

S'assemblent pour ouurir les forts ieux de l'escrime,
Les danses, & le bal, les chants, les vers, la rime,
Faisants a ton honneur, ta memoire & ton nom
Ceste belle assemblée & ces ieux de renom :
Si bien que qui verroit cette troupe folastre
D'Iaons deuant toy s'egayer & s'ebatre
Il les tiendroit pour Dieux & de vieillesse exempts,
Tant ils ont bonne grace & tant ils sont plaisans
Et naiz a resiouir, & tant sont agreables
Hömes, fémes, leurs naufz, & leurs biens innöbrables.

    Mon vers encore icy chose estrange dira,
Dont l'honneur, la louange onques ne perira.

Les
vierges
Delia.
des.

Des filles de respect Deliades pucelles
Prestresses d'Apollon le Roy des fleches belles,
Qui sur leurs vers ayans chanté premierement
Les honneurs de Phoebus, & puis consequemment
Latone aux cheueux blonds, & sa fille pudique
Diane a l'arc d'argent, seur d'Appollon vnique
Celebrent les Heros qui furent reuestuz
De louange & d'honneur, les Dames de vertuz,
Et femmes de renom, dont la louange excelle :
Si bien que leur doux air tout le monde ensorcelle,
Et scauent imiter de toutes nations
Si bien que les chants, les vois, & les saltations,
Que chacun iureroit qu'elles font a sa mode,
Tant bien leur contenance a chacun s'accommode.

    Latone, toy son fils Appollon aux traits d'or
Et toy Diane aussi, ie vous salue encor :
Ayez moy ie vous pry' en vostre souuenance
Alors qu'abordera sur vostre demeurance

Quelque pauure passant qui fatigué sera
Et entre autres propos vous interrogera,
Disant, qui auez vous icy de meilleur poete,
Et en qui prenez vous de ioye plus parfaicte ?
Vous respondrez ainsi pour nous a ce propos :
Vn aueugle habitant en la rude Chios,
Dont les douces chansons de nous authorisées
Des aages a venir seront beaucoup prisées.
Pour nous, on nous verra nos louanges porter
Par toutes les Citez, autant que frequenter
Nous pourrons sur le rond de la terre habitable,
Et puis on le croira comme estant veritable.
    Mais ie ne feray fin de chanter cependant
Le beau fils de Latone Appollon loin dardant.
ó Roy, tu vas regnant sur mainte isle d'estime :
Lycie, Mæonie, & Milet maritime
Sont bien tes beaus seiours, mais principallement
En Dele tu reçois ioye & contantement.
    Or le fils de Latone encore veut eslire
La pierreuse Pytho pour chanter sur sa lyre
Brauement reuétu des ses vestemens beaus
Et de ses immortels & doux-fleurans manteaus,
Ou poussant l'archer d'or sur sa lyre agreable
Il en fait naistre en vn son sur tous sons amyable
Delà quant son humeur prend le Dieu gratieux
Il se guinde au Palais de Iupiter aux Cieux,
Ou les Dieux a l'enuy l'accueillent, le reçoiuent,
Et les sucrez accords de sa guiterne boiuent.
Les Muses pres de luy accourent a la foix
Répondent aux accens de sa diuine vois,

Et chantent des grands Dieux la largesse immortele,
Et les maux & trauaux de la race mortele,
Disent combien d'ennuis ils ont des Dieux hautains,
Comme ils viuent troublez de leurs pensemens vains,
Presque desesperez de n'auoir nul remede
Pour chasser la vieillesse, & de ne trouuer ayde
A combatre la mort qui leur liure l'assault.

Au reste, autour de luy les graces font le sault
Et dansent a l'enuy sur les hautes demeures,
Hermione & Hebé & les prudentes heures,
Et la belle Venus la fille a Iupiter
Les tenant par la main ne cesse d'y saulter:
Nulle salle, orde & laide en ce bal n'est receuë,
Et si l'on n'y voit point de lasche ny recreuë:
Trop bien y apparoist en graue Majesté,
La grand' Diane archere excellente en beauté
Nourrie auec Phœbus: Mars le fort auec elle,
Et le meurtrier d'Argus garde d'Io la belle
Dansant a qui mieux mieux: & Phœbus va poussant
Son lut qui rend vn son les ames rauissant.
L'eclat de ses beaux piez & la splendeur illustre
De ses clairs vestemens luy donnent vn beau lustre
Latone aux cheueux d'or, & le grand Iupiter

Ne peuuent en leur cœur assez se delecter
Voyans leur cher enfant en si gratieux gestes
Iouër & s'esiouir auec les Dieux celestes.
Comment pourray-ie donc tes louanges chanter
Veu que tu es du tout a priser & vanter?
Metray-ie ta louange entre les épousées,
Et parmy les amours (aux flammes embrasées,)

Comment ton cœur fut triste alors que tu partis
Pour t'en aller brusler la fillette Azantis
Ensemble auec Ischye aux Dieux presque semblable
Le fils d'Elation cheualier estimable?
Ou bien auec Phorbas race de Triopus?
Ou auec Erenthé, ou auec Leucippus.
Ou bien auec la femme a ce Leucippus mesme,
L'vn pieton, caualier l'autre (& de force extresme,)
Triope mesmement ne s'en trouuant pas loing?
  Ou bien, grand Appollon, lors que tu pris le soing
De cercher en premier l'oracle pour les hommes,
Venant du Ciel ça bas en la terre ou nous sommes?
Ton premier chemin fut en Pierie ouuert,
Puis tu vins en Lectos de sablons tout couuert,
Dela en Magneide, & puis en Perrhebee,
Passant Iolque viste, & montas en Eubæe
Sur Cenée le mont, apres tu t'arrestas
Sur le champ de Lelen, & ne te plaisant pas
D'y construire ton Temple, (& d'y tailler tes marbres,)
Ny pour vn bois sacré y faire planter arbres,
L'Euripe tu passas, & montas vistement
Le hault mont sacrossaint vert agreablement,
Puis en continuant tu vins en Mycalesse,
Et dessus les pastiz de l'herbeuse Tecmesse,
De là sur le terroir de Thebe, enuironné
De bois, ou nul encor' ne s'estoit adonné
De vouloir habiter, là ne paroissoit trace
De chemin ny sentier, & la terre si grasse
Et si propre a changer en fertiles guerets
Pour porter du froment, n'estoit rien que forests,

Pinda-
re Ode
3. des
Pythies
Syrops
& An-
tiste. 2.

Le che-
min
que tint
Apollõ
venant
en terre
pour
planter
son O-
racle.

A peine tu t'oſtas de ce hallier moleſte,
Loin tirant Apollon, & paruins en Oncheſte
Bois ſacré a Neptune, ou le poulain de prix
Que l'on donte, reſpire & reprend ſes eſprits
Quelque chargé qu'il ſoit, le chariot il traine,
Et tout braue & galand qu'eſt celuy qui le mene
Deſcend, chemine a pié, les cheuaux ſoulagez
Lors ne ſe voyans plus de leur maiſtre chargez
Trainent leur chariot auec plus d'alaigreſſe.
S'ils les menent apres en la foreſt eſpeſſe
Ils les traittent fort bien, & delaiſſent leur char
Quant ils l'ont detourné, puis ſuplient a part
Neptune le grand Roy, tandis la ſauuegarde
Et le ſoing du Dieu bon prend leur char en ſa garde,
De là tu te partis, ô Dieu aus cheueus beaus,
Et trouuas le C'ephiſſe aux belles claires eaus
Qui tire le plaiſant de ſon cours de Eilæe,
Lequel tu trauerſas & vins en Ocalée,
D'Ocalée en Amarte, & puis finalement
En Delphuſe, ou ton cœur ſe plut extremement,
Voyant la region exempte de malice.
Là te plut d'y dreſſer le deuot edifice
D'vn Temple a toy ſacré : donques tu t'arreſtas
Et de propos humains ainſi tu l'acoſtas.

Delphuſe, mon enuie & fantaſie eſt telle
D'auoir icy vn temple a ma gloire immortelle,
Ou les hommes cercher mes oracles viendront,
M'y feront ſacrifice & leurs veux m'y rendront,
Ceux du Peloponeſe aux champs gras & fertiles,
Et tous ceux de l'Europe, & tous ceux là des isles,

Viendront

Viendront pour recercher mon oracle en ce lieu,
Et ie leur ouuriray tout le secret de Dieu.

Comme Phœbus eut dit, a poser il commance
Les fondemens du Temple & desia les aduance
En leur continuant leur grandeur & largeur.

Quant Delphuse le vit, fort faschée en son cœur
Luy respondit ainsi. Dieu dont l'arc de loin tire
Escoute ie te pry ce que ie te veux dire :
Ton vouloir est dis tu, de dresser en ce lieu
Vn Temple pour ouurir les oracles de Dieu
Aux hommes qui viendront t'y faire sacrifice,
T'y offrir des presens, & t'y rendre seruice :
Mais represente toy ce dont ie voudrois bien
T'aduertir parauant. Considere combien
Le tumulte & le bruit des cheuaus tirepénes,
Et des cheuaux venans pour boire a mes fontaines
Te seront importuns, & que ceux qui viendront
Regarder dans ton temple, a tout propos voudront
Voir les chars bien dorez les dons & les largesses
Qu'on aura mis dedans, bref toutes ces richesses.
Mais si tu me veux croire, (encores qu'ô grand Roy
Tu sois plus fort plus sage & plus puissant que moy)
Tu t'en iras bastir en Crisse sous Parnasse
Ou n'y a n'y pour chars ny pour cheuaux espace,
Et là tu ne seras importuné du bruit
Des cheuaux que sans cesse on promene, on conduit :
Là les Iopæans auront soin de te rendre
Les dons & les presens qu'il te plaira de prendre.
Des hommes plus deuots, & principalement
De ceux des enuirons t'aymans reueremment.

C c

De ſemblable propos que reſpondoit Delphuſe
Le cœur perſuadé du loin dardant amuſe,
Aſſin que tout l'honneur du temple luy reuint,
Et non pas a Phœbus : qui la laiſſant s'en vint
A l'infecte cité des hommes de Phlegie
Hommes tachez de mal & de contumelie,
Qui ne ſe ſouciants beaucoup de Iupiter
Et n'ayants, ſoing des Dieux, ne laiſſoient d'habiter
Dans la belle largeur d'vne cauerne aſſiſe
Aux plaiſans enuirons du beau lac de Cephiſe,
Ces hommes delaiſſez tu vins incontinent,
ô loin-titant Archer, ſur le mont eminent
Du Parnaſſe negeus, & abordas au Criſſe
En l'endroit d'ou Zephir doucement ſoufle & gliſſe,
Vn grand rocher ſe voit au deſſus ſuſpendu,
Vn canon au deſſous s'eſlargit eſtendu,
Endroit ou lors Phœbus deſignant de conſtruire
Son temple ſacroſſaint, ſe prit ainſi a dire.

    L'affection me prend & me vient fort agré
Que l'edifice beau de mon temple ſacré
Se conſtruiſe en ce lieu, ou, comme par miracle,
Les hommes accourront pour recercher l'oracle :
D'infinité d'endroits les hommes y viendront,
My feront ſacrifice, & leurs veux m'y rendront :
Ceux du Peloponeſe aux champs gras & fertiles,
Et tous ceux de l'Europe, & tous ceux la des iſles
Viendront pour recercher ma reſponce en ce lieu
Ou ie leur ouuriray les myſteres de Dieu.
    Comme Phœbus eut dit, a poſer il commance
Les fondemens du temple, & deſia les aduance

En largeur & grandeur : & les deuotieux
Trophone & Agamede amis des puissans Dieux
Tous deux enfans d'Ergin le seuillet y planterent,
Et peuples infiniz a l'entour habiterent,
Ayans taillé de pierre infiniz grands quartiers
Pour faire qu'on seruist Phœbus en leurs quartiers
Perpetuellement. Là pres, vne fontaine
Iettoit ses belles eaux coulantes en la plaine,
Ou de son arc puissant le fils du Iupiter
Mit a mort le serpent qui souloit molester
Tous les circonuoisins : monstre grand & horrible,
Qui faisoit aux mortels vn dommage indicible,
Et a tous leurs troupeaux : C'est le cruel Typhon
Dommageable & sanglant, qu'auoit produict Iunon
Long temps auparauant, de depit & colere
Apres s'estre faschée a Iupiter le pere,
Alors qu'il engendra Pallas en son cerueau :
Elle en courrous d'vn fait si estrange & nouueau,
Appella tous les Dieux de la voute celeste.
   Voyez que Iupiter m'est fascheux & moleste,
Leur dit elle, & quel tort me faict ce Dieu peruers
Enfantant sans Iunon sa Pallas aux yeux vers,
Belle entre nous, parfaite, agreable & gentille,
Et le fils qu'il m'a faict est boiteux & debile
Et difforme sur tous quoy plus ? il l'a ietté
En bas, & de depit en mer precipite',
Le perdant, sans Thetis Deesse officieuse
Qui auecques ses seurs le receut gratieuse.
Tu deusses d'autres cas gratiffier les Dieux
Que de ce present là, meschant malicieux,

C c ij

Mort
du ser-
pent
Typhô

Naiſ-
sance
de Ty-
phon.
Iuno
aux
Dieux,

Iupiter
preci-
pite du
Ciel
Vulcan

Thetis
le re-
çoit.

Qu'excogiteras tu encor pour me deplaire?
As tu bien eu le cœur d'engendrer & de faire
Ta Minerue sans moy? ie n'ay eu le credit
De toy, de l'enfanter: cependant on me dit
Ta femme entre les Dieux qui sur le Ciel habitent.
Il faut donques aussi que mes esprits meditent
Quelque moyen a part, pour faire que de moy
Naisse aussi quelque enfant sans m'accoster de toy,
Qui paroisse entre ceux de la troupe celeste,
Sans polluer ton lict d'acte aucun deshonneste,
Et sans salir le mien: car ie ne coucheray
Auec toy nullement, mais me retireray
Separée de toy, auec la troupe belle
Des Dieux viuans sans fin d'vne vie immortelle,
　En tenant ces propos d'vn maintien furieux
Elle se separa de la trouppe des Dieux,
Inuoquant, protestant: & de sa main seuere
Elle ébranla la terre, & dit en grand colere.

Com-
pleinte
de lu-
no.

　Toy terre escoute moy, vous haults Cieux écoutez,
Escoutez moy Titans qui sous terre habitez
Autour du grand Tartare, hommes & Dieux ensemble
Que ce manoir obscur & retient & assemble
Escoutez moy tretous: Donnez moy vn enfant
Sans Iupiter, qui soit, plus fort, plus triumphant
Que ce fils de Saturne, & qui de luy se passe,
N'ayt que faire de luy, mais en tout qui surpasse,
Et excelle en valeur, en puissance en conseil,
Ce Iupiter, ce fils de Saturne au grand œil.
　Elle dit, puis poussa la terre de furie:
A ce pousser s'esmeut la terre porte vie.

Ce que voyant, son cœur fut de ioye remply,
Pensant que son souhait fust du tout accomply.
Et depuis ce temps là iusqu'à ce que l'année
Se vist entierement passée & terminée
Elle ne vint iamais aupres de Iupiter,
On ne la vit iamais de son liEt s'acoster,
Ainsi comme elle auoit accoustumé de faire,
Consultant auec luy de tout prudent affaire :
Mais les temples sans plus priant elle hantoit,
Et en ses oraisons sans fin se deleEtoit.
Or quant le temps parfait, les heures, les années
Et les iours, & les nuits se virent terminées,
Elle enfanta Typhon, monstre horrible & sanglant,
La peste des mortels, a nul Dieu ressemblant,
Ny a homme qui fust : elle enfanta ce monstre
Malencontre aux humains portant sur malencontre,
Et personne n'estoit assez braue, assez fort
Pour l'oser accoster & luy donner la mort,
Parauant qu'Apollon auec sa forte fleche
Sur la beste eust ouuert vne mortelle breche :
Qui sentant les douleurs du trait dans elle entrant,
En mugissant s'alloit sur la terre veautrant :
On entendit de loing vn cry hault & terrible
Et elle se tournant rendit l'esprit horrible,
Ne respirant que sang, puis sur le corps selon
On ouyt ces propos que luy tint Apollon.
  Demeure maintenant puante pourriture
Sur la terre qui donne aux hommes nourriture :
Tu n'affligeras plus & n'endommageras
Personne des mortels qui viuent icy bas,

Iuno accouche de Typhon.

Apollõ tue Typhon.

Apollõ a Typhon l'ayant mis a mort.

Les hommes deformais en deuotion grande
Me viendront rendre icy hecatumbe & ofrande,
La Chimære au fier nom, ny Typhaële fort
Ne te garantiront de ce mortel effort ,
Mais fous Hyperion & fur la terre noire
Tu pourrixas icy triumphe de ma gloire.

Il dit, & le brouillas mortel alla frapant
Les yeux pleins de venim de l'horrible ferpent ,
Et du Soleil la force & la lumiere belle
Le corrompit foudain , dont Python on l'appelle ,
Et Phœbus Pythien & luy on l'appella ,
Pource que le Soleil brulant le pourrit là.

Cela fait , Apollon apperceut que Delphufe
L'auoit circonuenu de cautele & de rufe,
Si qu'en grande colere il fe leua foudain
Paruint encor a elle & luy dit en dedain.

Ce n'eftoit pas a moy, ó fontaine tresbelle,
Que tu deuois vfer de dol & de cautelle,
Ayant vn lieu fi beau fi aymable & plaifant
Qui de fes claires eaux va la terre arrofant :
Or icy mon honneur luyra par excellence
Et n'en fera point feule a toy la iouiffance

Il acheua de dire , & tout au mefme inftant
De la fefte du mont il s'en alla iettant
Force pierres en bas , & de l'eau qui ruiffelle
Il combla le courant , troublant la fource belle :
Si conftruifit fon temple & le baftit aupres
D'vn beau bois ombrageux , le long du courant frais
De la belle fontaine : en ce lieu faint & digne
On fait maint facrifice , on rend maint veu infigne

Apollō
reco-
gnoift
que
Del-
phufe
l'a cir-
conue-
nu.

Apollo
a Del-
phufe.

Il y cō-
ftruit
fon
temple

Au Roy Delphusien, dautant que ce fut là
Que les eaux de Delphuse en colere il troubla.

Lors Phœbus Apollon en soy mesme contemple
Quiles gens il pourra d'estiner en son temple
De Pytho la pierreuse, & sans la delaisser
Ses mysteres sacrez leur fit faire exercer:
Dessus ce pensement le voila qu'il regarde
Floter dessus la mer vn barque gaillarde,
Ou force gens de bien (qui pour l'heure venoient
De Crete, & en Guossos de Minos se tenoient)
Voyageoient a plaisir: ce sont ceux que destine
Pour faire son seruice, & de sa loy diuine
Anoncer les secrets, le Roy Phœbe Apollon,
Son oracle rendant dans le sacré vallon
De Parnasse hautain, son oracle authentique.
Qu'il prononce du pied du laurier prophetique.
Ces gens la nauigeoient deuers les Pyliens
Pour negoce & trafique: & change de leurs biens
A d'autres pour gaigner & faire leurs affaires.
Phœbus leur vint encontre & dans les ondes claires
Saillit impetueux, la figure prenant
D'vn monstrueux Daufin, puis tout incontinent
Se mit tout de son long le monstre espouuantable,
Gisant dans le vaisseau de façon admirable:
Que si quelqu'vn d'entr'eux tant seulement vouloit
Cognoistre que c'estoit, soudain il s'ebranloit
Et faisoit craqueter les ais de la galere:
Eux faisoient grand silence, & ne scauoient que faire,
Mais se tenoient assis, les armes ne prenoient,
Et le voile a l'entour de leur mast ne donnoient:

Cc iij

Mais ainsi qu'ils auoient commancé leur voyage
Ainsi pourſuiuoient ils leur train, leur nauigage,
Et l'Autan agitoit leur nauire voilé.

Ainsi premierement ils paſſerent Malæ,
Ils paruindrent depuis au terroir de Lacone
Et deuers la Cité que la grand mer corone,
Apres en Tænarie, au domaine plaiſant
Du Soleil, aux humains en ioye reluyſant,
Ou ſans fin ſes brebis a la toiſon douillette
Sur le champ gras & beau paiſſent l'herbe molete.
Ils vouloient en ce lieu leur nauire arreſter,
Et ſortiz, ce miracle eſtrange raconter,
Pour voir ſi au poiſſon continuroit l'enuie
D'arreſter au nauire, ou ſi ſa fantaſie
Seroit de ſe ietter dans la mer de tout poinct.
Mais pour eux le timon ne ſe deſtournoit point:
Et le vaiſſeau touſiours reprenoit ſon adreſſe
Et ſa route tournoit vers le Peloponeſe.
Le loin-tirant Phœbus de ſon vent ſeulement
Deſſus les pliz des eaux le menoit ayſement:
Ils paſſerent Arenne & l'aymable Argiphée,
Et la haulte Tryos par ou s'eſcoule Aphée,
Et Pyle ſabloneuſe, & les Calcidiens,
Les Cruniens, & Dyme', & les forts Epiens
Vers la diuine Helide, & puis les vents proſperes
Du benin Iupiter les porterent en Pheres,
D'ou d'Ithaque le mont leur parut nuageux,
Dulichie, & Samos, & Zacynthe ombrageux:
Quant ils eurent doublé tout le Peloponeſe,
Et que leur apparut la profondeur epeſſe

Du goulphe de Crissa, vn vent les vint pousser,
Et de par Iupiter leur nauire chasser
D'impetuosité, tant que la nef voilée
Passa diligemment la campagne salée,
Et se tournant vogua vers le Soleil leuant :
Le fils de Iupiter leur guide alloit deuant,
Et Phœbus les menoit : alors ils aborderent
A la tranquille Crisse, & dans le port entrerent,
Et Phœbus a l'instant saillit hors du vaisseau,
Semblable entierement a l'astre clair & beau
Qui luit au hault du iour : de luy force estincelles
Sortoient & se poussoient aux voutes supernelles :
Dans le lieu plus secret de son temple il entra,
Et iusques au trepiez tressaints il penetra :
Le dedans du lieu Saint fut remply de la flame,
Et toute Crisse, semble, a la splendeur s'enflame :
Les femmes du pais & les filles du lieu
Ietterent vn hault cry au prompt abord du Dieu,
Et chascun fut surpris de frayeur & de crainte :
Puis il s'en reuola vers la nauire peinte
Viste comme l'esprit, de tout point ressemblant
A quelque iouuenceau, braue, fort & galand,
Et de florissant aage, ayant sur ses espaules
Ses cheueux ondoyans, & leur tint ces paroles.

   Qui estes vous amis? dittes, d'ou vous venez,
Et de quel bon pays ces routes vous prenez,
Est ce pour trafiquer, ou si a la volée
Vous vous allez iettans dessus l'onde salée ?
En pyrates de mer, guettans les passagers,
En vostre ame hazardans pour nuire aux estrangers

Que restez vous ainsi estonnez & stupides,
Et que vous ne laissez vos nauires humides,
Et terre ne prenez? car ordinairement
Ceux qui voguent en mer & ont du iugement
Quant ils sont fatiguez sur la terre descendent
S'ils trouuent vn bon port , & a repaistre entendent.

Le Capitaine des Cãdiots a Apollõ
Il leur donna courage aux propos qu'il leur dit ,
Si que leur Capitaine ainsi luy respondit.
Pource que tu n'as point d'vn mortel la figure
Mais ressembles vn Dieu d'essence & de nature
Amy, ie te salue, accepte de bon cœur
Le veu que ie te fais de beaucoup de bon heur,
Les Dieux te doint tousiours felicité prospere,
Et me dy ie t'en pry quelle mere, quel pere,
Quelle terre, quel peuple en ce monde t'ont mis.
Pensans aller ailleurs nous nous estions commis
Aux fortunes de mer , & tirions vers les hommes
Qu'on nomme Pyliens , nous qui de Crete sommes.
Mais contre nostre gré nous abordons icy
Et cerchons vn chemin autre que cestuy cy.
Mais quel des puissans Dieux nous fait si dure guerre?
Et contre nostre gré nous rend en ceste terre ?

Apollõ se decouure aux Candiots.
Ausquels le lointirant Apollon dit ainsi .
Amis , qui demeuriez auparauant cecy
En Crete aux bais ombreux : c'est chose veritable
Que vous ne verrez plus vostre pays aymable,
Vos femmes , vos maisons : mais vous prendrez agré
De demeurer icy en mon temple sacré.
Qu'infinité de monde & honore & reuere.
Or ie suis Apollon, Iupiter est mon pere,

Et ie vous ay conduits sur les flots azurez
Icy pour voſtre bien. Donc vous demeurerez
Auec moy en ce lieu. dans mon Temple honorable,
Et a beaucoup de gents & ſainẽts & venerable :
Les ſecrets plus cachez des Dieux vous cognoiſtrez.
Et par eux honorez touſiours vous paroiſtrez
Sus donc reſoluez vous, & pleins d'obeiſſance
Faittes ma volonté en toute diligence.
En premier, hors du maſt voſtre voile abbatez,
Apres, deſſus le ſec voſtre barque iettez,
Puis tirez en dehors armes & equippage,
Et dreſſez vn autel ſur le marin riuage,
Allumez y du feu, offrans deuotieux
Force farine blanche aux habitans des Cieux :
Et comme cy deuant vous me viſtes en forme
D'vn grand Dauffin ſaulter parmy voſtre chiorme,
Ainſi reuerez moy Dauffin, & d'vn nom tel
Se nommera touſiours Delphien mon autel.
Cela fait, le repas vous vous en irez prendre
Dedans voſtre vaiſſeau, & aurez ſoing de rendre
Vos offrandes aux Dieux des hauts Palais voultez,
Puis venans auec moy Io Pæan chantez,
Iuſqu'a ce qu'arriuiez ſur la place du temple
Dont prendre il vous faudra poſſeſſon treſample.
   Ils furent a ces mots épris ſoudainemẽt
D'vne grande frayeur, firent entierement
Tout ce qu'il commandoit : en premier ils baiſſerent
Les voiles de leur maſt, les cordages laſcherent,
Abbatirent le maſt, ſortirent du vaiſſeau
Qu'a grand' force de bras ils ſortirent de l'eau

Les
Can-
diots
obeiſ-
ſent à
Apollõ

Sur le bord ſablonneux, & deſſus eſtendirent
Les rouleaux agencez : puis vn autel ils firent,
Allumerent du feu, offrans deuotieux
Force farine blanche aux habitans des Cieux :
Cela faiſt le repas ils s'en allerent prendre,
Et leurs veux aux hauts Dieux ſe ſouuindrent de rẽdre.
Quant ils eurent repeu, & ſe furent rempliz
Et de pain & de vin, leur chemin ils ont pris
Marchans apres Phœbus, qui de ſa lyre preſte
Iouant ſublimement cheminoit a leur teſte :
Les Cretois a le ſuiure eſtonnez ſe mettoient
Et marchans vers Pytho io Pæam chãntoient,
Comme ſont les Pæans des habitans de Crete
Auſquels la Muſe apprend ceſte chanſon diſcrete :
Ils monterent apres le mont diſpoſtement,
Paruindrent ſur Parnaſſe, & au lieu proprement
Qui a beaucoup de gens deuoit eſtre habitable,
Et preſqu'a tout le monde & ſaint & venerable :
Le Dieu qui les guida la place leur monſtroit
Et le terroir fertile ou ſon Temple ſeroit :
Eux ſe ſentoient eſmeux d'eſiouiſſance grande,
Et leur chef luy faiſoit en ces mots ſa demande.

  ô Roy, grand Apollon, puis que tu nous conduis
Si loin de nos parens & de noſtre pays,
(Car il te plaiſt ainſi) nous voulons bien te ſuiure,
Mais montre nous dequoy nous pourrons icy viure.
Car ce lieu n'eſt point trop abondant en froment,
En vandange non plus, on y voit rarement
Des prez gras & herbuz, comme pourrons nous viure,
Et tenir compagnie aux hommes, & les ſuiure ?

Alors ſe ſouciant Phœbus leur dit ainſi.
ô que vous eſtes fous d'auoir tant de ſoucy,
Et de vous donner tant de tourment & de péne !
Voicy, ie vous vay dire vne choſe certaine.
Chaſcun de vous en main vn grand couteau aura,
Et brebis & moutons ſans ceſſe egorgera.
Tout ce qu'on m'offrira icy en abondance
De tous les coins du monde eſt en voſtre puiſſance :
Gardez bien ma maiſon, receuez toutes gens
Qui s'y aſſembleront, & ſoyez diligens
Sur tout a receuoir mes ſecrets & oracles,
Et a faire valoir mes faits & mes miracles :
Soit que quelque propos ſoit dit friuolement,
Soit quelque fait commis iniurieuſement,
Et contre l'equité qu'aux hommes il faut rendre,
D'aultres par cy apres viendront pour vous aprendre
Et vous monſtrer le tout, & de neceſſité
Voſtre ſcauoir par eux ſe verra ſurmonté :
Ie t'ay tout dit, retien ſi ta memoire eſt bonne
Ce que tu as oüy : & toy fils de Latone
Et du grand Iupiter, ie te vay dire a Dieu,
Ie te rechanteray encore en autre lieu.

Fin de l'Hymne d'Apollon.

HYMNE SVR
MERCVRE.

VSE, ioue a Mercure vne chanſon
  nouuelle,
 Le fils de Iupiter & de Maja la belle,
 Sur le mont de Cyllene en Prince commandant,

Et ſur l'Arcadien en troupeaux abondant :
Le meſſager des Dieux vtile & profitable
Qu'au puiſſant Iupiter Maia la Nymphe aimable
La Nymphe aux beaux cheueux autresfois enfanta
Par meſlange d'amour. Iupiter s'abſenta
De la troupe des Dieux, ſi qu'en cachete il entre
Dans les cauons obſcurs de la fraiſcheur d'vn antre,
Et là durant la nuit embraſſoit & baiſoit
La Nymphe, cependant que Iunon repoſoit,
Et ne fut aperceu en ſon amour diſcrete,
Trompant hommes & Dieux d'vne façon ſecrette :
Mais ayant veu la fin de ſon intention,
Quant le dixieſme mois vint a perfection,
Et qu'il eut mis au iour l'ouurage magnifique
D'vn fait tant excellent, lors la Nymphe Atlantique

Mercu-
re fils
de Iupi-
ter & de
Maia.

Iupiter
engroſ-
ſe Maia
au deſ-
ceu de
Iuno.

Acoucha d'vn enfant fin, ruzé, beau parleur,
Grand derobeur de beufs, grand larron, grand voleur,
Grand espion de nuict & bon gardeur de portes,
Bref, qui deuoit bien tost monstrer de toutes sortes
D'inuentions aux Dieux : le matin il naissoit.
Et au milieu du iour de sa harpe il poussoit,
Et le quatriesme iour que la Deesse blonde
L'amie à Iupiter Maia l'eut mis au monde
Quant le soir aprochoit, il desroba les beufs
Du fils de Iupiter Phœbus aux longs cheueux:
Car pource qu'il naquit & vint a la lumiere
D'vne immortelle essence hors des reins de sa mere,
Il ne voulut long temps en berceau se coucher,
Mais en sortit soudain, & s'en allant cercher
Les vaches d'Apollon, dedans le precipice
D'vn antre espouuantable il se fourre & se glisse:
Auquel ayant trouué la belle inuention
De la tortue, il eut en sa possessoin
Richesses & grands biens. Là donques il rencontre
La tortue au dos noir qui luy venoit encontre,
Deuant l'antre de fleurs & d'herbe se puissant
Et qui marchoit d'vn pas tardif & languissant:
Mercure la voyant se prit soudain a rire
Et d'ayse qu'il en eut ces propos luy va dire.

  Ie ne fay peu de cas de ce rencontre icy
Et repute a grand gain le signe que voicy,
Tu sois la bien trouuée ô de nature aymable,
Forge-bal, des festins compagne desirable,
Me sois tu apparue auiourd'huy en bon heur
Heureuse que tu es: & d'ou vient le meilleur

Des ebats & des ieux ? & qu'en ces monts conuerse
Cet animal orné de coque si diuerse ?
Ie te prendray fort bien , chez moy t'emporteray ,
Tu me proffiteras , & ie t'honoreray ,
Mais tu me deuiendras vtile la premiere .
La chose en la maison est tousiours coustumiere
D'aporter du proffit , pour ce que ce qui est
Et demeure dehors infructueux parest :
Et viuante restant on pourroit de toy faire
Quelque trait , ou poison apresté pour mal faire :
Mais quant tu seras morte , alors doux instrument
Tu pourras resonner melodieusement .

    Il dit , & retournant en sa maison aymable
Il prit en ses deux mains le iouët desirable ,
Ou prenant vn couteau bien tranchant & pointu
Il arracha la vie a l'animal tortu .

    Comme quant vn aduis passe en la fantasie
D'vn homme qui consulte , & dont l'ame est saisie
De soin , d'anxietude , & ce soin soucieux
En bluettes de feu luy court deuant les yeux :
De la mesme façon Mercure en son cœur sage
Consultoit sa parole , & mouloit son ouurage :
Il agença par art , & par ordre ficha
Des cheuilles de bois qu'au dos il attacha ,
Y mit vn cheualet , puis y ioignit vn manche ,
Sur lequel il banda de mainte brebis blanche
Les chordes en sept rancs . Ayant entierement
Construit & façonné son gentil instrument ,
Il frappa de l'archet par certaine cadance ,
Et vn son en sortit de douce resonance .

Puis'e

Puis se prit a chanter sans l'auoir medité
Vn chant qu'a l'heure mesme il auoit inuenté:
Comme les jeunes gens en la fleur de leur aage
Se gaussoient aus banquetz tant de la belle Maie
Que du Saturnien, & comme ils detractoient
De luy auparauant, & sorty le chantoient
D'vne ribaude amour : apres, dessus sa lyre
Il chantoit sa naissance, & se plaisoit a dire
Son nom illustre & grand : les seruants il chantoit
Et les riches Palais ou la Nymphe habitoit,
Les trepiez, les bassins, & le meuble durable
Dont elle decoroit sa maison honorable.
Ces choses scauoit il, les autres dans son cœur
Desiroit il bien fort. Puis finit la douceur
De ses rares chansons, & sa lyre voutée
Posa dessus son lict quant il l'eut demontée.

　　Cela fait, desireux de recouurer des chairs,
De la maison il monte au sommet des rochers
Machinant quelque fourbe & quelque tromperie
A part en son esprit (pour faire fascherie,)
Comme font les coureurs toute la nuit raudans.
Desia dans l'occident Phœbus aux traits ardans
Enclinoit ses cheuaux, quant dessus la prairie
Qui s'estendoit le long du mont de Pierie
Mercure en haste vint : là des Dieux les gras beufs
Paissoient incessamment l'herbe de prez herbuz,
Il se ioint a la trouppe a la corne choquante,
Et trouue le moyen d'en detourner cinquante,
Les touche deuant luy au trauers des sablons,
Et les faict cheminer les pas a recullons,

D d

Il chante en iouant dessus.

Il va a la queste.

Il trouue les beufs des Dieux.
Il en detourne cinquāte les faisant marcher a recullons.

Par vne grande ruze, & de mesme maniere
Luy mesme pour tromper cheminoit en arriere:
Puis le long de la mer ses souliers il ietta
Et dans son cœur vn fait estrange il inuenta:
Il mesla des rameaux de meurte & de bruyere
En cordeaux les tourna, puis d'estrange maniere
Il s'en entortilla, & ses legers souliéz
Sans qu'ils luy fissent mal en lia sous ses piez,
Auecques les feuillars que pour sa tromperie
Il auoit arrachez du mont de pierie,
Gauchissant du chemin, & tout entierement
Faisant comme vn qui veult cheminer longuement.
   Or vn vieux iardinier qui plantoit là des antes
Le vit, & l'apperceut comme il tournoit ses plantes
Contre Ocheste l'herbeux, vers lequel s'en alla
Mercure & se feignant le premier luy parla.
   ô veillard, qui courbé tant d'arbres icy plantes,
Tu auras tout loisir parauant que ces antes
Te rapportent du fruit, de t'aller egayant
Par beaucoup de pays, de voir en ne voyant,
D'ecouter estant sourd, & en fin de te taire
De peur que ton parler ne te puisse mal faire.
   Ce disant, il se mit à retoucher ses beufs,
Passa par maint costau, par maint valon ombreux,
Et par main champ fertil. Desia la nuit obscure
S'en alloit, deuestant sa noire couuerture,
Et le iour se leuoit sa lumiere apportant
Et les peuples par tout au trauail excitant:
La belle Lune aussi fille du Megamide
Pallas, monstroit sa corne au trauers de l'air vuide:

Quant Mercure paruint aux eaux du fleuue Alphé,
Touchant les beufs du Dieu a l'arc bien etoffé :
Qui n'eurent abordé pres des grandes estables,
Et deuant les beaux prez aux herbes profitables
Qu'ils se mirent a paistre & brouter largement
La treffle & le souchet croissants abondamment.
Mercure cependant va en queste, & raporte
Force bois, cerche apres le moyen & la sorte
D'en allumer du feu, il prend dedans sa main
Vn baston de Laurier, le despece soudain
Et le met en éclats, lors la vapeur fumante
Souffle tout a l'entour, (& peu a peu s'augmente.)
Le feu premierement il retira de la,
Apres force bois sec viste il ammoncela
En vn lieu renfoncé, lors du bas de la fosse
La flamme petillant se grossit & se hausse,
Et comme elle croissoit, il tiroit au dehors
(Car il estoit puissant) deux beufs membruz & forts,
Que par terre il renuerse, & dans leur sang les souille,
Puis les ayant enflez les ecorche & depouille :
Il poursuit sa besogne, en morceaux va hachant
La chair blanche de gresse : en apres l'embrochant
La faict rostir au feu : le sang estoit par terre,
Et puis il estendit les peaux sur vne pierre :
Ce fait s'esiouissant les chairs il estendit
Sur vne belle place, en douze pars les mit,
Pour en faire a chascun vn present honorable
Puis il s'en prit la part plus saincte & desirable.
Or l'odeur l'afligeoit, & son cœur vn mal tel
Ne pouuoit supporter bien qu'il fust immortel.

D d ij

Il passa donc soudain la colline sacrée,
Ce qu'ayant acheué, la chose luy agrée,
Et met bas dans l'estable & la gresse & la chair
Qu'il auoit a foison, puis les va recercher,
Les esleus delà, vray signe & tesmoignage
D'vn aduis tout nouueau, car il prit d'auantage
De bois qu'auparauant, & plus fort l'alluma,
Et les testes & pieds entiers y consuma.
Quant le Dieu eut rendu sa besogne parfaicte
Dans le fleuue d'Alphé ses sandales il iette,
Puis amortit son feu, sa cendre reduisant
Toute nuit en sablon: la Lune alloit luysant,

Il arri-
ue sur
le môt
de Cyl-
lene
sans
estre ap-
perceu.

Il reprend son chemin & arriue sans peine
Comme le iour poignoit sur le mont de Cyllene,
Et si couuertement qu'il ne fut apperceu
D'aucun des immortels, ny de nul homme veu,
Mesme on n'ouyt iaper les chiens en nulle sorte :
Entrant il se courboit comme il fut sur la porte,
Et se fourra dedans, au brouillas automnal
Ou a quelque nuage entierement egal :
Adonc a pas tardifs comme a tastons il entre

Il rëtre
dans le
logis &
se met
en son
lict.

Et sans faire nul bruit, dans le profond de l'antre,
Et gaigne tant qu'il peut son lit soudainement :
S'enueloppe le corps de bandes ioliment
Comme vn petit enfant qui vient encor de naistre,
Prend son lut tortueux dedans sa main senestre
Et se ioüe couché sans faire nul semblant,

Il est
decou-
uert par
sa mere

Ses liens & bandeaux sur son iarret branlant.
   Mais le Dieu ne se peut a sa mere Deesse
Cacher quoy qu'il sceust faire, elle vit sa finesse

Et luy dit, d'ou viens tu, bon rompu, qu'est cecy
D'arriuer & de nuit & a ceste heure icy ?
Ie croy qu'estant serré les costez de la sorte
Tu pourrois mieux passer au trauers de la porte
Du clair Latonien, que l'on ne pourroit pas
Affin de te baizer te prendre entre ses bras :
Que puisses tu perir ! c'est vne chose seure
Que le grand Iupiter t'a bien faict en malheure
Pour le fleau des hauts Dieux & des hommes aussi.

    A qui Mercure en mots cauteleux dit ainsi.
Pourquoy vous mettez vous contre moy en colere
Et pourquoy de si pres m'obseruez vous, ma mere,
Comme on faict vn enfant, que tout petit qu'il est
Dans son petit esprit scait toutesfois que c'est
Que de fourbe & de mal, mais il n'ose le faire
Pource qu'il est craintif & a peur de sa mere ?
Mais moy sans craindre rien le mestier ie suyuray
Qui me semble meilleur, & vigilant feray
Mes affaires sans crainte, & pouruoiray aux vostres,
Et ne pourray iamais permettre que nous autres
Soyons entre les Dieux viuans petitement,
Et sans nous voir garniz de biens abondamment,
Comme vous le voulez : il est plus honorable
De viure magnifique & riche & respectable
Entre les immortels, que d'estre veuz ainsi
Viuoter dans vn antre estroit triste & transi :
Et si n'espere point acquerir moins de gloire
Qu'en a fait Apollon (de sa belle victoire,)
Si mon pere ny veut m'ayder, & m'y porter,
Ie ne laisseray pas pourtant de le tenter.

D d iij

Maia a
Mercu-
re.

Mercu-
re a
Maia.

Resolu
tion de
Mercu-
re, du
train
qu'il
doit
mener.

Ne veut
estre
moin-
dre
qu'A-
pollon.

I'auray sur les matois la superintandance:
Et si le braue fils de Latone me pense

*propo-
se de
desro-
ber le
temple
d'Apol
lon.*

Attaquer & cercher, vn Dieu il trouuera
Qui ne le craindra point, mais qui le preuiendra,
Et si ne feray point d'entreprise petite.
Ie m'en iray percer son grand Temple de Pythe,
Et tous ses beaux trepiez, ses chauderons, son or,
Ses riches vestemens, somme tout son tresor
Enleueray de là, (& ne tarderay guere,)
Et si vous vient a gré vous le verrez, ma mere.
  Ils deuisoient ainsi, & le Soleil riant

*Apoil5
en que-
ste de
ses
beufs.*

Cependant se leuoit du costé d'Orient,
Quint Apollon paruint en la forest aymable
D'Oncheste, consacrée au Prince redoutable
Neptune' ebranle terre: ou il vit en passant
Vn vieillard tout courbé pres du chemin, plaissant
La haye du verger, auquel ces mots il crie.
  ô vieillard, ramassant ronces en la prairie

*En de-
mande
des nou
uelles
au iar-
dinier
qui a-
uoit de
cou-
uert
Mercu-
re.*

D'Oncheste le herbeux. I'arriue freschement
Du mont de Pierie, & peine infiniment
A recercher mes beufs (aux pas pesans & mornes,)
Et mes vaches aussi aux fronts armez de cornes :
Vn toreau noir a part paissoit grand & dispos,
Et quatre dogues fiers suiuoient apres a dos,
Comme hommes bien d'acord(dont le cœur ne se change)
Les chiens & le toreau (qui est vn cas estrange)
Sont restez, & les beufs que ie vay tant cerchant
Se sont euanoüïz sur le Soleil couchant.
Dy moy, vieillard ancien, as tu point veu personne
Qui les ayt emmenez? Et au fils de Latone

Le vieillard dit ainsi. Amy, certainement
Il est bien malaysé de dire entierement
Tout ce que l'on a veu, force personnes passent
Dont les vns force maus recerchent & pourchassent,
Les autres vont pour bien : donc de te dire tout
Tresdifficilement puis-ie en venir about.
La verité est bien, toute ceste iournée
Iusqu'au soir defruchant ceste vigne entournée
De ronces & buissons, que l'ay veu vn garson
Que ie ne sçaurois pas cognoistre a sa façon
Qui suiuoit quelques beufs, & tournoit le visage
Marchant a recullons : il auoit d'auantage
Vne verge en sa main. Lors le vieillard se tut.
Et Phœbus a marcher plus vistement s'esmut,
Se doutant du voleur aux ayles estendues,
Et de l'enfant matois du grand amasse-nues.
Si vint en diligence a Pyle, recerchant
Ses beufs aux piedz tortuz, ses espaules cachant
D'vn amas nuageux : alors (comme il desire)
Il recognoist leur piste, & puis se prend a dire.
Voicy certainement vn admirable cas,
Voicy bien de mes beufs & la piste & les pas,
Mais ils sont retournez a la prairie, & comme
S'ils y vouloient aller : ces pas ne sont point d'homme,
De femme, de lions, de chiens, d'ours, ne de loups :
Et ne ressemblent point a ceux qu'a tous les coups
Les toreaux font marchans : qui choses si terribles
Faict de ses piez legers, fait des chemins horribles
Et des pas monstrueux en ces pays icy ?
  Le fils de Iupiter Apollon dit ainsi.

il arriue en Cyllene.

Puis en Cyllene vint par le bois couuert d'ombre,
Entra dedans la roche en la cauerne sombre,
Ou la Nymphe diuine acoucha parauant
Du fils de Iupiter : vne odeur s'esleuant
Souëfuement monstoit dessus le mont superbe,
Et les brebis tondoient le delicat de l'herbe.
Alors hastiuement le Dieu aux traits ardant
Donne iusques a l'antre & se fourre dedans.

Mercu-
re voy-
ant A-
pollon,
s'enfuit
au logis
& se
met au
lict.

Faict
sêblant
de som
meiller

    Mercure aperceuant qu'Apollon en colere
Pour ses beufs, s'aprochoit de l'antre de sa mere,
Entre viste dedans, s'enuelope au berceau
De linges adorans, se couure d'vn monceau
De bois & de feuillars : de charbons & de cendre :
Et tout soudain qu'il peut Phœbus entrant entendre,
Il se courbe, & se met la teste ensemblement
Et les piez & les mains, comme tout fraischement
Estant sorty du bain, & pris d'enuie extresme
De vouloir sommeiller il auoit caché mesme
Sous son ayle son lut que naguiere il auoit
Forgé d'vne tortue, & point ne se leuoit.

    Or le Latonien trop longuement ne tarde
A recognoistre & voir la Nymphe montagnarde,
Et l'enfant qu'elle auoit par amour engendré
Du haut Saturnien : enfant fin & madré.
Puis regardant le roc parfait en toutes sortes
Il prit la clef luisante, & en ouurit les portes
Respirans le Nectar & l'ambrosie encor.
Là dedans y auoit force argent & force or,
Et force beaux habits de la Nymphe amoureuse
Tel que les Dieux en ont dans leur demeure heureuse :

Puis ayant recerché iufqu'au lieu plus obfcur
Et le plus retiré, Phœbus dit a Mercur'.

Enfant que ie voy là couché (en grand filence)
Enfeigne moy les beufs, vifte, fay diligence,
Autrement nous viendrons en conteftation
Qui ne fera feante, & fans remiffion
Te precipiteray dans le Tartare horrible
Et dans l'obfcurité d'vne mort plus terrible
D'ou ne pere ne mere onc ne t'arrecheront,
Ains fous terre mourras, pour guide ne t'auront
Peu d'hommes te fuiuans (dans cefte foffe obfcure.)

A ces mots refpondit le ruzé de Mercure.
De quels propos cruels me vas tu menaccant,
Et de quels bœufs encor me vas tu tant preffant?
Ie ne les ay point veuz, & ie n'en ouy onques
Parler ne difcourir a perfonne quelconques:
Et ne le dirois pas: & le prix n'aurois point
De denonciateur. Me voila bien en poinct
Et fi i'ay bien encor la façon & la force
D'vn defrobeur de bœufs, pour les toucher a force.
Ce n'eft pas là mon faict, i'ay bien vn autre foin:
C'eft de me repofer, car i'en ay bon befoin,
C'eft d'auoir le tetin de ma mere en la bouche,
C'eft le bain, le maillot, les bandes, & la couche.
Pour ce debat icy qu'on ne le fcache pas,
Car les hommes fans doubte en feroient vn grand cas,
Et s'eftonneroient fort qu'vn enfant de naguere,
Nay, forty frefchement du ventre de fa mere
Peuft fortir de la porte, & fi loin s'en aller
Pour defrober des beufs. Mais c'eft a toy parler

Sans raiſon ny propos (ſi tu le ſcais comprendre :)
Me voila nay d'hyer, mes piez ont la peau tendre,
La tarre eſt aſpre & dure, (& pourrois m'empirer.)

Que ſi tu veux encor ie ſuis preſt a iurer
Le plus graue ſerment & le chef de mon pere,
Ne ſçauroit rien du tout d'vn ſi grand vitupere,
Que ie n'en ſuis l'autheur, que tout a l'enuiron
De ce mont ie n'ay veu ny cogneu le larron
De vos beufs quels qu'ils ſoient, (mon ſermēt eſt fidelle,)
En voicy ſeulement la premiere nouuelle.

Il dit, & demenant les paupieres, tournoit
Les ſourcils, de ſes yeux ça & la regardoit
Et ſiſloit comme oyant quelque conte friuole.
Dont Phœbus ſouriant luy ait ceſte parole.

ô poupin, bon rompu, bon meſchant, bon ruzé,
Certes ie ne te voy que par trop aduiſé
Pour percer les maiſons, & aller en cachetes
Piller & ſaccager a taſtons les logetes
Non d'vn homme tout ſeul, mais de pluſieurs bergers,
Qui deſſus toy courront mille & mille dangers :
Quant affamé de chairs tu te ruras ſans ceſſe
Sur les beufs & brebis blanchiſſantes de greſſe.
ça, de peur de dormir d'vn ſommeil pour iamais
Deſcen, bon compagnon de la nuit que tu es,
Deſcen viſte du lit : tu acquerras ſans doubte
Et le nom & l'honneur entre la troupe toute
Des haults Dieux immortels deſſus le Ciel vagans
D'eſtre le Capitaine & le chef des brigans.

Ce diſant, il l'emporte & l'enleue (en l'air vuide.)
Lors d'vne inuention s'aduiſa l'Argicide

Voyant que dans ses bras il l'enleuoit leger,
Ce fut qu'il luy tascha l'Erithe messager
Du pernicieux ventre, en infauste nouuelle,
Qui vola dessus luy d'vne impetueuse ayle :
Apollon l'entendit, & par terre ietta
Mercure qu'il portoit, deuant luy s'arresta
Bien qu'il eust grand desir d'acheuer son voyage
Puis luy disant iniure il luy tint ce langage.

   Courage, de Maia (l'excellente en beauté)
Et du grand Iupiter enfant emmaillsté,
Ie pourray cy apres trouuer parauanture
Enseigne de mes beufs, aydé de cest augure :
Mais tu me conduiras tousiours en attendant.

   Il disoit, & Mercur s'eslancoit en grondant
Et par force marchoit, autour de ses oreilles
Ses deux mains demenant, & serré à merueilles
De ses langes le dos. Adonques tout felon
Il luy disoit ainsi. Que fais tu Apollon,
Et ou m'entraines tu ? me voudrois tu mesfaire
A cause de tes beufs dont tu es en colere ?
Que la race des beufs perisse entierement :
Ie te dy, que ie n'ay desrobé nullement,
Et ne scay le larron de ces vaches si belles,
Et voicy seulement les premieres nouuelles.
Mettez moy en iustice, allons a Iupiter.

   Ainsi furent long temps entre eux a contester
Mercure, & Apollon (qui tout le monde eclaire,)
Et tous deux soustenoient opinion contraire,
Cestuicy disoit vray, & n'accusoit en vain
De ces beufs desrobez Mercure cault & fin,

Le laisse aller par terre.

Se fait mener.

Mercure a Apollon.

Apollõ & Mercure contestent longuement.

Et l'autre par sa ruze & iargon deceuable
Vouloit tromper Phœbus l'archer infatigable,
Mais tout fin qu'il estoit vn plus fin il trouua:
Adonc en diligence il chemine & s'en va,
Et Apollon le suit, & dessus le Ciel grimpe.

Apollõ & Mer-cure viennẽt deuant Iupiter Les Dieux s'assem blent.

　　Quant ils furent venuz aux sommets de l'Olympe
Par deuant Iupiter, on mit soudainement
En place les talens du meilleur iugement,
Et le bruit en courut sur la nueuse croupe
De l'Olympe haultain. Alors toute la troupe
Des celestes y vint, & deuant les genoux
De Iupiter, Mercur (contrefaisant le doux)
Et l'archer Apollon en reuerance grande
Se tindrent tout debout. Iupiter lors demande
A son fils genereux Apollon luy disant.

Iupiter a Apol-lon.

　　Phœbus, ou as tu pris ce butin a present,
C'est enfant nouueau nay, qui a toute la mine
D'vn heraud, a ce bruit toute la cour diuine

Apol-lon a Iupiter

Des Dieux s'est assemblée. Auquel le blond archer
Apollon respondit. Pere du Ciel trescher
Certes tu entendras vn fait non mesprisable,
Et ne me blasmeras d'estre tout seul coulpable

il accu-se Mer-cure.

D'aymer le larrecin. cet enfant i'ay trouué
Ce celebre larron, sur le mont esleué
De Cyllene, ou i'ay fait promenades a force,
Pour y trouuer mes beufs a la corne retorse.
Ie n'ay veu nul des Dieux ny des hommes auec
Qui viuent sur la terre, auoir vn si bon bec.
Mes beufs paissoient aux prez, que le galand debouche
Sur le soir, les desrobe & vers la mer les touche,

Les emmene tout droit : mais d'vne inuention
Monstrueuse, & donnant grande admiration :
Oeuure d'vn vray dæmon, car la trace & la marque
Des pas sortans du pré au contraire les marque
Et le madré qu'il est ne marchoit ce sembloit
Ny de mains ny de piez, mais inuenté auoit
Vn prodige de pas, comme si en cachetes
Quelqu'vn marchoit auec des petites buchetes :
Ortant que par les lieux de sable il cheminoit
La trace de ses pas aysement il tournoit,
Mais sur la terre ferme il deuint inuisible,
Et de luy ny de beufs il ne fut plus possible
De remarquer les pas : mais comme il se hastoit
Et les touchoit a Pyle, vn certain le guettoit
Qui m'a tout decouuert : encependant nostre homme
Coyement & sans bruit les tue & les assomme
Et les consume au feu : cela fait s'en alla
Apres auoir ietté le reste ça & la
Coucher dans son berceau, comme vne nuit funebre
Caché dans sa cauerne & couuert de tenebre :
Vn aigle ayant les yeux aiguz extremement
Ne l'eust en ce cachot decouuert nullement,
Or demenant les mains dans ceste voulte courbe
Il s'excusoit fort bien en sa fraude, en sa fourbe,
Et disoit aygrement : ie ne les ay point veus,
Et si ne scay que c'est de vaches ny de beufs,
Moins en ay-ie entendu discourir a personne,
Et quant ie le scaurois, ie ne veux qu'on me donne
Salaire ny loyer de denonciateur
Car ie n'en diray rien, (cerche ailleurs ton conteur.)

Phœbus ayant parlé s'aßit & prit sa place :
Et Mercur' regardant d'vne asseuree audace

Mercu-
re à Iu-
piter.

Vers le pere des Dieux : ó pere Iupiter
Dit il, la verité ie te vay raconter,
Car ie ne fus encor iamais trouué coulpable

Il se def
fend de
l'accu-
sation
d'Apol
lon.

De menterie aucune, ains suis fort veritable :
Cestuy cy est venu de grand matin vers moy
Me demander ses beufs, n'amenant auec soy
Nuls des Dieux pour tesmoins, nuls espions neguettes,
Et me vouloit forcer par façons indiscretes
De les luy indiquer, m'a beaucoup menacé
De me precipiter au tartare poißé :
Car il est en fleur d'aage, en sa force & puißance,
Et ie n'aquis hyer, il en a cognoißance,
Et voit que ie n'ay point la mine d'vn voleur
Ny d'vn larron de beufs : & certe'il est meilleur
Que tu croyes (d'autant que tu te dis mon pere)
Qu'il me donne a grand tort ce mauuais vitupere,
Et que ie n'ay iamais pris n'enleué ses beufs
(Ainsi sois-ie a iamais & contant & heureux)
Ny paßé sur sa terre : il est tout veritable ;
Le Soleil en ce cas, n'est par trop respectable
Ny tous les autres Dieux. Te diray-ie combien
Ie t'ayme & te reuere ? & tu le scais fort bien
Que ie n'en suis l'autheur : te scay la differance
Des sermens serieux, & i'en ay cognoißance.

Il me-
nace
Apollõ
de le fai
re dedi-
re.

Non, par les beaux palais de ces immortels Dieux
Ie luy feray rentrer ces propos odieux
Quelque iour dans ses dents, quelque plein de instance
Qu'il soit, & quoy qu'il ayt grande force & puißance.

Pere, tu ayderas aux foibles s'il te plaist.

Il dit, & demenant ses sourcils sans arrest
Il luy en faisoit signe, ayant sous son aisselle
Sans la vouloir laisser sa bandelete belle.
Iapiter ne se peut tenir de s'eclater
De rire, regardant cét enfant contester
Sueune, & denier le larcin & la prise
Des beufs aux fronts cornuz auec telle feintise.
Puis il leur commanda de s'accorder tous deux
Et s'en aller ensemble a la queste des beufs :
Que Mercur' le premier, leur disoit-il, s'auance
Et monstre en puerile & non feinte innocence
Ou il a mis les beufs. Ce disant il luy fit
Vn signe de la teste, & Mercure obeit :
Et ce commandement ne luy fut difficile.
En haste donc tous deux s'en allerent a Pyle,
Paruindrent vers Alphæe, & courans & marchants
Atteignirent en fin & les prez & les champs
Ou les riches troupeaux dessus la nuit obscure
Et paissant l'herbe aux fraiz prenoient leur nourriture,
Alors Mercure entrant dans l'antre cauerneux
Les testes en sortit des forts & puissans beufs.
Et le Latonien par tout ses yeux aproche,
Et regarde les peaux sur vne haute roche,
Puis a Mercure dit : ô mechant cauteleux
Comme as tu peu couper la teste a deux grands beufs
Toy qui n'es qu'vn enfant : ta force est nompareille,
Ta puissance incroyable, & ie m'en emerueille,
Tu n'as pas de besoin de deuenir plus grand
Et de croistre, ô Mercure. Et ce disant il prend

Les liens de l'enfant dont encore il se serre,
Les retourne en ses mains & les iette par terre
L'vn dans l'autre meslez : & dans ce lieu obscur
Estonné voit les beufs du cauteleux Mercur,
Qui depit, de trauers le regarde & s'en fasche,
Court esteindre le feu, & de les cacher tasche:
Et selon son desir appaise doucement
Le clair fils de Latone, encor qu'entierement

Mercure pour appaiser Apollon ioué de sa tortue.

Il fust plus fort que luy. Il se met donc a prendre
Son lut dedans sa main, & luy fait vn son rendre
Et rustique & grossier: Apollon s'en sourit,
Et vn son agreable a son oreille ouyt.
Mais le fils de Maia nullement ne s'estonne
Se met a sa main gauche, & dessus son lut donne,
Iouant & puis chantant alternatiuement.
La vois suiuoit le son melodieusement,
Et mesloit en chantant la chorde horminieuse

Ce que Mercure iouoit & chätoit sur sa tortue.

Auec les Dieux hautains la terre spatieuse:
Comme au commancement les Cieux furent bastiz,
Et comme a tous les Dieux les sorts furent partiz:
Il loüoit en premier sur sa chanson diuine
La mere des neuf seurs la docte Mnemosine,
Qui l'eut pour son partage. Apres il exaltoit
Les autres immortels, & leur honneur chantoit,
Disoit leur origine & de façon loüable

Apollō préd vn grand plaisir au chät de Mercure.

Façonoit l'ornement de sa chanson aymable,
　A son chant Apollon vn tresgrand plaisir prit,
Et vers luy se tournant en ces termes luy dit.
Ruzé tueurs de beufs, laborieux, insigne,
Compagnon des festins, certes cecy est digne

De cinquante bon bœufs, & me prend vn desir
D'en dire mon aduis cy apres a loisir.
Mais dy may maintenant as tu de ta naissance
Ce scauoir admirable & ceste grand science,
Ou si quelcun des Dieux ou des hommes d'embas
T'ont apris ce dous chant, car i'en fais vn grand cas,
Et toy nouuellement vne chanson si belle
Qu'aucun des Dieux qui sont sur la voulte immortelle
Ne pas vn des mortels ne me fit onc oüyr
Sinon toy, qui m'en viens asteure resiouir.
Quel art, quel exercice, & quelle Muse encore!
Qui le soin difficile & le soucy denore!
Ces trois certainement y sont tous a leur tour,
Et le somme font prendre, & la ioye & l'amour.
Ie suis le sectateur des Muses Olympiques
Qui ayment les chansons, les danses magnifiques,
Les sons des instrumens, les flustes, les haubois,
Mais iamais ie ne fu rauy de telle vois,
Et tu as des festins la vraye & seule lyre,
ô fils de Iupiter ie t'exalte & t'admire
De scauoir de ton luth iouër si dextrement.
Quoy que tu sois petit, tu as certainement
L'esprit iudicieux : pour cela ie t'honore,
Et si ie te veux dire, & a ta mere encore,
Pour ce traict encorné desormais ie te veux
Si braue que tu es representer aux Dieux,
Ie te veux faire encor maint present honorable,
Et ne te diray point de propos deceuable.
  Auquel Mercure dit. Puis que c'est ton vouloir,
Ie ne t'enuye point mon art ny mon scauoir

Dit son
ieu e-
stre di-
gne de
grande
recom-
pense.

L'en-
quiert
d'ou il
l'a ap-
pris.

Loüe
extre-
ment
son ieu.

Mercu-
re a
Apollõ

E e

Apollon, qui de loing les ſagettes ſcais traire,
Tu l'auras auiourd'huy, & ie te veux complaire
De parole & d'effect, pour ce que tu ſcais tout,
Et deuant tous les Dieus tu en viendras about
Sage & fort que tu es, & Iupiter le pere
T'ayme d'affection iuſte ſainte & entiere,
T'a donné de ces dons plus riches & meilleurs,
Tu as receu de luy & grandeurs & honneurs,
Et de l'oracle ſaint la ſage cognoiſſance :

Luy of
fre ſon
lut.

Outre cela tu es riche & plein de cheuance :
Tu peux a ton plaiſir prononcer promptement,
Pren donc le lut & ioue a ton contantement
L'ayant receu de moy, & ſi tu me veux croire
Tu m'en attriburas quelque peu de la gloire :

Le lut
compa
gnon
des bã
quets
du ieu
& de la
danſe.

Pren le donc en ta main ce doucereux mignon,
Il te ſuiura par tout fidelle compagnon
Des banquets ſomptueux, du ieu & de la danſe,
Qui de iour, qui de nuit, donne reſiouiſſance.
Quiconque de ſageſſe & d'art deſireroit
Venir a ſon eſcole, il luy enſeigneroit
Choſes a ſon eſprit diuerſes & louables,
Iouant facilement de façons agreables :
Mais qui ruſtiquement en ſa main le prendroit,
Rien qu'vn ſon incertain & triſte il ne rendroit.
Mais quelque choſe a quoy ton bel eſprit s'adonne
Tu l'apprens ayſement : parquoy ie te le donne
ô fils de Iupiter, & tandis ſous ces vaus
Et le long de ces monts nourriciers des cheuaux,
Nous prendrons ſoing encor des beufs, par interualles :
Les vaches ſe ioindront aſſez auec les maſles

Et se mesleront prou. Et combien que tu sois
Curieux de gaigner, il ne faut toutesfois
T'en courroucer si fort. Il acheua de dire
Et Phœbus prit de luy fort volontiers sa lyre:
Puis vn braue baston dedans la main luy mit,
Et de ses puissans beufs la charge luy commit,
Qui fut a grand plaisir de Mercure acceptée.
Lors le Latonien prit la lyre voutée
Doucement la touchant, & elle luy portoit
Vn son dous quant le Dieu dessus elle chantoit.

    Quant du grand Iupiter la race trescherie
Eut amené les bœufs dans la belle prairie,
Ils retournerent tost sur l'Olympe monter,
S'egayans sur le lut. De cela Iupiter
Prit vn plaisir tresgrand, & sans leur donner terme
D'y songer: les ioignit d'vne amitié tresferme:
Et Mercure deslors ayma vniquement
Apollon, comme il faict encor presentement,
Apres luy auoir fait present si agreable
Et luy en eut montré le secret amyable:
Et Phœbus en sonnoit le tenant sous son bras.
Mais Mercure inuentoit soudain vn autre cas
Et meditoit vn art de nouuelle excellence
A la fluste donnant de la voix la science:
Dont Phœbus a Mercur' vint dire encore vn coup.

    Sage fils de Maia i'aprehende beaucoup
Qu'il ne te prenne enuie en fin de me soustraire
Et mon lut & mon arc: ce que tu peux bien faire,
Pource que Iupiter t'a donné grandement
De faire & manier choses diuersement,

E e ij

Mais si tu me iurois & par ta chere teste
Et par les eaux de Styx d'accorder ma requeste,
De ne le faire point, tu me releuerois
De la crainte ou i'en suis, & me contanterois.

Ainsi dit Apollon, & le sage Mercure
Auec vn grand serment luy promet & luy iure
De ne prendre iamais chose qui fust à luy,
Et de n'aprocher onc (pour luy donner ennuy)
De son ferme Palais : ce fait, Phœbus accorde
Auec luy desormais toute paix & concorde,
Et que iamais Heros ny Dieu ne luy sera
Si cher ny pretieux, & qu'il luy en fera
Vn tel memorial deuant la troupe toute
Des Dieux, que pas vn d'eux n'en sera plus en doubte.
Que ie te porteray toute fidelité
Car ie te vay bastir & de felicité
Et de biens & d'honneurs la verge florissante
A trois bras, toute d'or, immortelle, puissante,
Qui te conseruera, aura commandement
Sur tous les puissans Dieux, & ce qu'entieremēt
I'ay sceu de Iupiter, tant de ses conseils sages
Que de ses bons propos, & de ses grands ouurages
Elle te l'apprendra : mais non pas de sçauoir
La diuination, tu ne la peus auoir,
Le destin ne te donne vne puissance telle,
Ny a pas vn de ceux de la troupe immortelle,
Cest a Iupiter seul : moy seul tant seulement
I'ose l'acertener par vn grand iurement,
Que nul des Dieux que moy, n'obtient la cognoissance
De ce que Iupiter dans son esprit pourpense :

Et toy bien que ie t'ayme & que tu aye' encor
En main, en don de moy ceste baguete d'or
Ne me presse pourtant de t'ouurir de te dire
Le conseil de celuy qui tient le hault empire.
Or en tournant le monde a ceux cy ie nuiray
Et en le retournant aux autres ayderay,
Et celuy receura mon augure fidele
En cerchant des oyseaux le chant, le vol, ou l'ayle,
Et si l'assisteray disant de poinct en poinct
Ce qu'il voudra sçauoir, & ne tromperay point,
Mais celuy qui voudra s'amuser aux paroles
Que diront les oiseaux vains legers & friuoles,
Et voudra importun nostre oracle enquerir
Contre nostre vouloir, voudra plus discourir
Et sçauoir que les Dieux, ie te le fais entendre,
Il faut en son chemin, & ne lairray de prendre,
Ses presens & ses dons. Or ie te veux conter
Encore vn autre faict, ó fils de Iupiter
Et de Maia dæmon vtile & profitable
Trois seurs pucelles sont sur la terre habitable
Qui ont le vol fort viste, & qui a decouuert
Portent le hault du chef, de farine couuert,
Leur habitation est au bas de Parnasse,
Et sans l'auoir apris elles ont l'efficace
De sçauoir deuiner : or ie fu curieux
De l'experimenter quant ie gardois les beufs,
Mon pere de cela ne se mettant en pene :
Elles courent par tout, & d'vne ayle incertaine
Volent deça dela le tout accomplissans
Et de rayons de miel seulement se paissans.

E e iij

Desquelles ont mangé le miel vert & sans cire
Esprises de fureur elles veulent predire
Et annoncer le vray sans longuement songer,
Mais des qu'elles n'ont plus le moyen de manger
Des Dieux la paisson douce, elles perdent leur péne
Et ne vous menent plus que par voye incertaine.
Or ie te les enseigne, & tu prendras plaisir
D'eprouuer leur science estant plus de loisir :
Puis si a quelque amy tu desires l'apprendre
Peut estre il le pourra facilement comprendre.
Reçoy cela de moy, & gouuerne mes beufs,
Mes cheuaux, mes mulets forts & laborieux,
Mes horribles lyons, mes pourceaux au dents blanches,
Mes chiens, & mes brebis l'aynuë sur les hanches,
Et ce que mon terroir me produit amplement,
Sur tout cela, Mercure, aye commandement :
En outre, il t'est donné de faire tout message
Chez Pluton, y ayant libre & ouuert passage.
On celuy mesmement qui donner ne pourra,
Present pour sa rançon non petit t'offrira.
  De ceste façon la Phœbus ayma Mercure
Tout ce qu'on peut aymer : & Iupiter prit cure
De les mettre d'accord. Il conuersoit ioyeux
Librement & par tout auec hommes & Dieux :
Mais il n'auoit egard, & sans faueur aucune
Les hommes il touchoit par la nuit sombre & brune.
  Sage fils de Maia ie te vay dire adieu,
Ie te rechanteray encore en autre lieu,

HYMNE
SVR VENVS.

M VS E chante les faits de Venus la dorée,
Qui des Dieux a rendu la troupe ena-
mourée,
Qui sous elle a donté toute sorte d'hu-
mains,
Oyseaux, bestes, & tant de monstres inhumains
Qui sont nourriz sur terre & sous l'onde marine :
Tout flechit tout faict ioug sous les loix de Cyprine,
Fors que trois seulement qu'elle n'a sceu dompter,
Qu'elle n'a sceu flechir, corrompre ne flater :
La fille a Iupiter Pallas est la premiere,
A qui iamais n'ont pleu de ceste bonne ouuriere
Les mols allechemens, mais plutost a fait cas
Des œuures, des exploits, des guerres, des combats
De Mars le belliqueux. C'est la premiere encore
Qui aux bons artizans a montré comme on dore,
Comme on faict les boucliers, comme on arme les chars :
Aux femmes elle aprend les industrieux arts
De faire dans la chambre vn milion d'ouurages,
(Qui hommage luy font de leurs aprentissages.)
  Venus quelques rians que soint ses doux amours
Na sceu faire tumber Diane dans ses tours,

Tout
flechit
soubs
le pou-
uoir de
Venus.

Fors
que
trois.

pallas
la pre-
miere.

Diane
la se-
conde

Ee iiij

Car le trait deſſus l'arc ſans ceſſe l'accompagne,
Sans fin elle tracaſſe & chaſſe en la montagne:
Les lyres, les chanſons, les hauts cris excitez,
Les ombreuſes foreſts, les bourgs & les Citez
La detiennent touſiours & là elle s'amuſe.

Veſta la troiſieſme.

Veſta non plus n'a pu ſuccomber ſous la ruſe
De la belle Venus, Veſta que le prudent
Saturne au monde mit, derniere cependant
De ſes diuins enfans, bien qu'elle fuſt premiere:
Car Iupiter porteur de l'Ægide meurtriere:
Le reſolut ainſi, Veſta digne d'amour,
Que Neptune & Phœbus recercherent vn iour,
Mais elle ne voulut iamais ſe laiſſer prendre,
Et d'vn reffus cruel n'y voulut condeſcendre,
Faiſant vn grand ſerment que touſiours elle tint,
Et du grand Iupiter ceſte grace elle obtint
Et touchant a ſa teſte, & luy diſant l'enuie
Qu'elle auoit de garder tout le temps de ſa vie
Son honneur virginal. Iupiter luy faiſant
Sa promeſſe, luy fit vn digne & beau preſent
Au lieu de ſon nopçage, & luy donna puiſſance
En tous temples d'auoir la premiere ſeance
Deuant tous autres Dieux, qui luy font tous honneur,
Des victimes elle a le plus gras, le meilleur,
Et aux hommes elle eſt treſſainte & venerable.

Venus a eu en ſa puiſſance Iupiter meſme.

Venus donc ne peult rien par ſon art deceuable
Deſſus elle gaigner. Mais ſa puiſſance, autant
Sur les hommes mortels que ſur les Dieux s'eſtend:
Perſonne ne la fuit. Quoy? a Iupiter meſme
Elle oſte la raiſon, luy puiſſant, luy ſupreſme,

Luy le grand foudoyeur. Toutes & quantesfois
Qu'elle la voulu rendre esclaue sous ses loix,
Et prendre sa pensee aux raiz de ses cautelles,
Elle l'a fait mesler auecques des mortelles,
Se cacher de Iunon son espouse & sa seur
Tant belle qu'elle fust, qu'elle fust en grandeur
Dessus toute Deesse au Ciel hault honoré,
Car la fille elle estoit de Saturne & de Rhée.

 Or Iupiter qui tient le monde sous ses loix
Vne fille engendra docte en beaucoup d'exploits
C'est la belle Venus, & luy poussa dans l'ame
D'vn amour doucereux la deuorante flame,
Affin qu'elle goustast des amoureux esbats
Pres d'vn homme mortel, & qu'elle ne fust pas
Sans auoir eu sa part des ieux, des accolades,
D'vn homme, & sans sentir ses douces embrassades :
De peur que quelque tour elle ne vint gausser
Les Dieux, qu'elle auoit fait, disoit elle, embrasser
Les femmes des mortels, & que par ruzes telles
Enfans mortels seroient sortis des immortelles,
Ayant faict embrasser par l'appast de son miel,
Par des hommes mortels les Deesses du Ciel :
Il luy mit donc au cœur l'amour du bel Anchise
Qui paissoit sur Ida, dont elle fut éprise,
Regardant sa beauté semblable entierement
A celle des bourgeois du haultain firmament.
Des qu'il fut aperceu de Venus la rieuse
La Deesse l'ayma d'vne amour furieuse,
Puis elle vint en Cypre esprise d'vn feu tel,
Aprocha de son Temple ou estoit son autel

En Paphos sa maison : encens de toutes sortes
Luy estoient là brulez, se fit ouurir les portes,

Et les graces soudain son corps delitieux
Lauerent & d'vn baume exquis & pretieux
L'oignirent doucement comme on oint les celestes :

Mirent ces vestemens riches, propres & lestes
Sur ses membres diuins : son voile mesmement
Que sur tous ses habits elle aymoit cherement.
Estant ainsi parée, ayse & riant de ioye

Laissant Cypre elle prit son chemin droit a Troye
Et par l'air au trauers des nuës se guinda
Tant qu'elle descendit sur l'ombrageuse Ida

Qui fournit de ruisseaux les champs & les passages.
Et la mere des ours & des bestes sauuages.

Marchant par la montagne elle prenoit tousiours
Le chemin de la loge ou logeoient ses amours :
Les loups grisons, les ours, les lions esroyables,
Les pards legers, les cerfs mangeurs insatiables
La suiuoient blandissans : elle y prenoit plaisir,
Leur inspiroit aux cœurs vn amoureux desir,
Dont espris, deux a deux par les bois s'en allerent,
Et dans les lieux couuers par amours se meslerent :

Peur elle, dans la loge excellente elle entra,
Ou le diuin Heros seul elle rencontra,
Anchises en beauté aux Dieux accomparable :
Les autres ayans mis les beufs hors de l'estable
Les suiuoient par les prez. Et luy alloit touchant
Son lut, y mariant vn delectable chant.
La fille a Iupiter des amours la merueille
Vint a luy, de beauté & de taille pareille

A vne ieune fille, affin de luy oster
Toute peur, toute crainte, & ne l'espouuanter.
Anchise la voyant ruminoit en soy mesme,
Admiroit grandement sa beauté tant extresme,
Sa taille, sa façon, ses habits pretieux :
Car son voile eclatoit comme vn feu radieux,
Elle auoit sur son chef force boutons de roses,
Force liens de fleurs souefuement ecloses,
En son col delicat vn riche & beau colier,
Les belles chaines d'or qui se venoient lier
Dessus sa gorge blanche, en brillemens semblables
A la Lune eclatante en rayons admirables.
Dans le cœur d'Anchises l'amour sauta dispos
Qui ne peut plus se taire, ains luy tint ces propos.
    ô quelle que tu sois qui es icy venuë
Des Deesses du Ciel, Reyne ie te salue,
Soit que tu sois Pallas. Latone, ou Artemis,
Ou la belle Venus, ou l'illustre Themis,
Soit que tu sois quelcune ou des Charites belles,
Ou de celles qu'au Ciel on appelle immortelles,
Ou l'vne mesmement des Nymphes de ces monts,
Des fleuues, ou des bois, ou de ces gras vallons,
Ie te vouë vn autel en place decouuerte
Ou par moy mainte offrande a toy sera offerte
A toute heure du iour, soy moy tant seulement
Gratieuse, & me fay paroistre excellemment
Entre tous les Troyens : fay moy aussi la grace
Que i'aye de par toy belle & illustre race,
Que ie viue long temps, de voir tousiours heureux
Le beau iour du Soleil, & de deuenir vieux.

Venus
a An-
chise.

Se nie
estre
Deesse.

Se feint
vn au-
tre.

* *Ou a*
lespieu
riche &
beau.

Raisõs
con-
trou-
uées de
Venus.

Auquel respond Venus la Deesse d'estime.
Anchise genereux & sur tous magnanime
Ie ne suis point Deesse. Et pourquoy me veux tu
Egaler en beauté, en grandeur, en vertu
Aux Deesses du Ciel ? ma mere estoit mortele
Et entre les viuans elle m'a faitte telle :
Mon pere a nom Otré, si ce nom quelquesfois
Est venu iusqu'a toy : la Phrygie a ses loix
Toute entiere obeit : pour le langage vostre
Ie l'enten & le parle aussi bien que le nostre,
Ce fut vne Troyenne aussi qui me nourrit,
Et me donnant le laist vostre langue m'apprit,
Et pour la prononcer me rendit asseurée.

 Or le meurtrier d'Argus a la verge dorée,
*M'a prise, subornée, * & rauie au troupeau*
De la chaste Diane au riche & beau fuseau
Ainsi que nous passions le temps force pucelles
Nymphes de grand maison tresriches & tresbelles,
Tresbonne compagnie auec nous se trouua,
D'ouçe tueur d'Argus Mercure m'enleua.
Il m'a fait tracasser par villes habitées
Et de beaucoup de gens largement frequentées:
Par lieux desers aussi sans habitation
Ou les lions cruels ont frequentation :
D'vne telle prestesse il m'enleue & me serre
Que ie ne semblois pas toucher des piez en terre
I'estois me disoit il, appellée des Dieux
Pour espouser Anchise au regard gratieux,
Et que i'aurois de toy vne belle lignée.
Or aussi tost qu'il m'eut en ce lieu amenée,

M'eut monstré ton logis, & dit, voila ou c'est
Il se guinda leger aux Cieux sans nul arrest :
Et ie me suis vers toy iusqu'icy auancée,
Car la necessité m'y a toute forcée.
Ainsi par Iupiter, ie te pry desormais,
Et par tes bons parens (car des meschans iamais
Ne t'auroient engendré) veilles moy montrer telle
Que tu me vois icy & entiere & pucelle,
Aprentiue a l'amour, & neufue a ses douceurs,
A ton pere, a ta mere, a tes freres & seurs,
Ie ne leur seray point ahonte reprochable,
Mais digne belle seur & bru fort honorable :
Puis enuoye en Phrygie a mon pere, & aussi
A ma mere, qui sont pour moy en grand soucy ?
Ils te feront tenir prou d'or, prou de cheuance,
Et prou de vestemens riches par excellence :
Car tu receuras d'eux force riches presens :
Et cela fait : combien qu'ils n'y fussent presens
Tu pourras celebrer nos noces amiables,
Aux hommes & aux Dieux pour iamais honorables.
  Quant la Deesse eut dit, l'amour elle soufla
Dans le cœur d'Anchises, qui ainsi luy parla.
Puis que tu es mortele, & que femme mortele
Comme tu dis, t'a faite & mise au monde telle,
Que ton pere & Otré, & que le sage Dieu
Mercure t'a menée & conduite en ce lieu,
Tu seras tout iamais mon espouse treschere,
Et homme quel qu'il soit ny Dieu ne sçauroit faire
Que tout presentement ie ne couche auec toy ?
Non, quant l'archer Phœbus darderoit contre moy

Le plus triste venin de ses fleches morteles
Il ne me chaut , ô femme egale aux immorteles
De mourir t'ayant euë auec moy dans mon lit.

    Ce disant Anchises, par la main il la prit ,
Et Venus souriant soudain s'est retournee
Vers le lit ou elle a vne œillade donnée.
Le lit estoit bien fait, bien garny, bien paré,
De mantes bien couuert , de grands peaux entouré
Et d'ours & de lions, quil auoit sur la place
Etenduz roides morts en allant a la chasse,
Quant ils furent tous deux aprochez pres du lict ,
Anchises de sa main soudain la deuestit ,
De ses riches habits decrochant les boucletes ,
Les roses detachant , denoüant les fleuretes :
Luy delier encor sa ceinture il osa
Puis le tout doucement sur vn siege il posa ,
Apres luy de naissance & de race mortele
Fit le deuoir , couchant auec vne immortele ,
Combien qu'il ne le sceust. Or quant ce vint le temps
Que le pastres au soir s'en reuiennent des champs ,
Anchises se laissa au dous sommeil surprendre
Mais Venus gentiment ses robes alla prendre
Et s'estant habillée, en son seant se mit
Tousiours pres d'Anchises, & tousiours sur son lit :
Puis sousleua la teste & la grace honorée
De ses ioues luisoit ainsi qu'a Cytherée :
Alors de son sommeil Anchise elle eueilla
L'appellant par son nom , & ainsi luy parla.
    Dardanide debout. Dormiras tu sans cesse
Sans pouuoir t'eueiller , & rompre ta paresse ?

Regarde si ie suis semblable entierement
A la femme qui t'a parlé premierement.

   Elle dit, & soudain du sommeil se reueille :
Mais quant il vit les yeux reluisans a merueille,
Et le col de Venus, de crainte il s'estonna   *Anchi-*
Et la veuë baissant ailleurs il la tourna :   *ses re-*
Puis en ouurant sa face, & surpris de tristesse   *ueillé*
Il luy dit. En premier que ie te vy, Deesse,   *s'eston*
Ie te recogneu bien, & dans moy te disois   *ne, voy*
D'vn estoc immortel : mais tu te deguisois.   *ant Ve-*
   nus.
Donques par Iupiter ie te prie & suplie   *Il luy*
Ne veilles que ie traine & languisse en ma vie,   *parle.*
Fay moy grace plustost : Car qui embrassera
Les Deesses du Ciel, & longuement viura ?
Auquel encor Venus la Deesse d'estime.   *Venus*
Anchise genereux & sur tous magnanime,   *accou-*
Pren courage en toy mesme, & n'aye point de peur,   *rage &*
Tu n'auras de par moy dommage ne douleur,   *asseure*
Ny par aucun des Dieux, car tu es en leur grace :   *Anchi-*
Au demeurant, vn fils naistra de nostre race   *ses.*
Qui dessus les Troyens aura commandement :
Fils naistront de ses fils consecutiuement,
Son nom sera Ænec', a cause que tristesse
Me tourmentera fort durant ceste grossesse,   *Les*
De ce que ie suis cheute aux baizers d'vn mortel.   *Troyẽs*
Mais tousiours les Troyens ont esté d'vn heur tel   *ont eu*
Qu'ils ont au cœur des Dieux de tout temps gaigné place.   *l'amitié*
   des
Epris de leur beauté & de leur bonne grace.   *Dieux.*
Cy deuant Ganymede au Ciel fut emporté   *Gany*
Par le haut Iupiter pour sa grande beauté,   *medes*
   aimé de
   Iupiter

Pour viure auec les Dieux grand d'honneur & de gloire
Et que dans son Palais il leur seruist a boire
Versant, estrange cas, le Nectar gratieux.
Fauorisé, chery, & honoré des Dieux :
Pour luy le Roy estant en péne continue
Ne sçachant quelle part son cher fils en la nue
Auroit esté porté : partant il s'atristoit,

<table>
<tr><td>Tithon aymé de l'Aurore.</td><td>

Et de iour & de nuit tousiours le lamentoit :
Iupiter eut en fin pitié de sa misere,
Luy donna pour son fils vn tresdigne salaire,

</td></tr>
<tr><td>L'Aurore demande a Iupiter l'immortalité pour Tithon</td><td>

Des cheuaux accompliz en vitesse & beauté
Et qui participoient de l'immortalité.
Et luy fit dire encor' par le sage Mercure
Que son fils ne seroit subiet a la loy dure
De la mort qui prend tout, mais seroit immortel.
Le Pere fut adonc par vn message tel
Grandement consolé, & se fit de grand ioye

</td></tr>
<tr><td>Elle ne se souuient de demander pour luy ieunesse eternelle.</td><td>

Par ces vistes cheuaux tousiours porter a Troye.
* L'Aurore puis apres prit en affection*
Tithon, qui fut aussi de vostre nation,
Et ressembloit vn Dieu tant sa beauté fut grande :
Puis fut a Iupiter luy faire vne demande
Qu'il deuint immortel & qu'il ne mourust point :
Iupiter sa requeste accorda de tout poinct.

</td></tr>
<tr><td>Tant que Tithon est ieune, il est visité de l'Aurore.</td><td>

Mais sotte qu'elle estoit elle n'eut la finesse
De demander qu'il fust d'eternelle ieunesse.
Sans qu'il pust deuenir ny vieux ny decrepit :
Si que tant qu'il fut ieune il fut en grand credit :
Et de ceste ieunesse amoureuse l'Aurore,
(Ieunesse tant aymée & desirée encore

</td></tr>
</table>

De tous

De tous hommes viuans) elle le viſitoit
Vers l Ocean ſans ceſſe, ou lors il habitoit.
Mais lors que ſes cheueux a blanchir commencerent,
Et les poils de ſa barbe aux ans qui le preſſerent
Vindrent a ſe meſler, l'Aurore ſe retint
De tant le viſiter, & de ſon lit s'abſtint :
Mais elle ne laiſſoit de ſubſtanter ſa vie
De viures delicats & de pure Ambroſie,
Et touſiours l'honoroit de riches veſtemens :
Mais quant il eut atteint les decrepiteus ans
Abbatu de vieilleſſe & triſte & odieuſe,
(De conuerſation faſcheuſe & ennuyeuſe,)
Qu'il perdit toute force, & qu'il ne pouuoit plus
Ny mouuoir ny dreſſer ſes membres tous perclus,
Elle le mit au lit, ne ſcachant plus que faire,
Et ferma deſſus luy ſa porte belle & claire.
Sa force auoit alors pris vn grand changement,
Et ne parloit plus meſme intelligiblement.
    Or ie ne voudrois pas qu'ainſi tu me vouluſſes,
Et qu'en ceſte façon immortel tu me fuſſes,
Ains que ie t'euſſe tel pour eſpous & mary
Que mon cœur puis apres n'en puſt eſtre marry,
Ne voyant point changer la beauté deſirable.
Mais bien toſt la vieilleſſe aux vieilleſſes ſemblable
Sans pitié te prendra, vieilleſſe tourmentant
Les hommes, dommageable, importune, & que tant
Ont en hayne les Dieux, & qui touſiours s'aproche,
Et moy ie tumberay en opprobre & reproche
A ton occaſion, enuers les Dieux puiſſans,
Qui de mon fait iront ſe rians & gauſſans,

Eſtant
deuenu
vieux
elle ne
le viſite
plus
mais ne
laiſſe de
le bien
traiter.

Eſtant
decrepi-
te, il eſt
mis par
elle au
lit il fer
me la
porte
ſur luy.
Venus
ne veut
Anchi-
ſes ain-
ſi.

Venus
craint
de tum
ber en
repro-
che en-
uers les
Dieux.

Ff

Eux qui par cy deuant redoutoient mes surprises,
Soubçonnoient mes desseins, craignoient mes entreprises
Quant ie les attrapois, faisant qu'ils s'aprochoient
Des femmes de la terre, & pres d'elles couchoient :
Car tout tant qu'ils estoient sans nulle differance
Ie les ay sceu ranger sous mon obeïssance :
Et ie n'oseray plus entre eux me preualoir
Ayant si lourdement failly a mon deuoir,
Me meslant auec vn de mortelle nature,
Auec lequel i'ay mis vn fils sous ma ceinture :
Qui des qu'il aura veu du Soleil la clarté

Æneas sera nourry par les Nymphes des bois.

Sera dessus ces monts des Nymphes alaitté,
Nymphes au large sein, de ces montagnes belles,
Et Nymphes qui ne sont mortelles n'immortelles :
Elles viuent long temps, vsent de viures tels
Quefont les autres Dieux, auec les immortels
Elles dressent le bal, dansent & les frequentent :

Vie & naturel des Nymphes,

L'Argicide Mercur, les Silenes les hantent
Et dans le reculé de leur ombreux seiour
Auec elles iouans se meslent par amour :
Et d'elles les sapins & chesnes leue-testes
S'engendrent sur la terre & dessus les hauts festes
Des monts dressent leur bout dans les nues des Cieux,
Et sont nommez les bois sanctifiez aux Dieux :
Or les hommes iamais n'y mettent la cognee
Pour les oser couper : mais quant la destinee
A prescripte leur fin & les veult retrancher,
On les voit peu a peu sur la terre secher,
Leur ecorce pourrir, tumber leurs belles rames,
Et les raiz du Soleil abandonner leurs ames.

Celles là, mon enfant chez elles nourriront
L'ameneront icy & te le montreront
Des qu'il sera grandet, & le rendra portable
La ieunesse qui est a tous tant desirable.
Mais pour te dire tout ce qui est dedans moy,
Au bout du cinquiesme an ie reuiendray a toy,
T'ameneray l'enfant. & sa belle prestance
Fera florir ton cœur de grande esiouissance,
De voir ce florissant rameau deuant tes yeux,
Car tu le trouueras fort ressemblant aux Dieux :
Puis tu l'emmeneras a Troye spatieuse.
Que si quelcun vouloit d'enuie curieuse
S'enquerir & scauoir qui t'auroit enfanté
Enfant tant excellent & si plein de beauté,
Souuien toy de repondre, & n'y fay point de fauté
Vne Nymphe habitant sur ceste forest haulte
Calycope est son nom, c'est ceste Nymphe la.
Que si tu es si fou d'outrepasser cela,
De dire au vray qui c'est, & d'vne ame egarée
Te vanter que tu as engrossé Cytherée,
Iupiter contre toy, croy moy, s'irritera,
Et de son foudre ardant soudain te frapera.
Cela donc te soit dit, retien toy, & fay comme
Ie t'ay fait ta leçon, & personne ne nomme :
Euite le courrous des grands Dieux si tu peux :
Ce dit elle monta sur l'Olympe venteux.

　　Ie pren congé de toy Royne en Cypre adorée,
Apres t'auoir chantée, ó belle Cytherée,
A la chanson d'vn autre aussi ie passeray,
Et de tout mon pouuoir sa louange diray.

Ff ij

Venus
promet
a Anchi
ses dele
venir
voir dás
cinq
ans.

Luy de
fend de
dire
qu'il
　ayt
eu Ae-
neas
d'elle,

SVR ELLE MESME.

IE chanteray Venus la belle & venerable,
Ayant couronne d'or, qui commande, amyable,
Dans Cypre maritime, ou le souffle amoureux
D'vn Zephyre mollet l'engendra doucereux
Dans l'escume des flots des ondes azurées.
Les Heures se parans d'oreillettes dorées
La receurent de ioye, & mirent vitement
Sur elle la beauté d'vn riche acoustrement,
Et sur son chef diuin vne belle courone
A qui l'or en premier & puis la façon donne
Vne grace admirable, apres vindrent lier
Dessus la belle gorge vn pretieux colier
De riche orfeurerie, & comme elles les portent
Quant pour aller au bal de l'Olympe elles sortent.
Apres auoir paré ce corps delicieux
Elles menent Venus, la presentent aux Dieux,
Qui la voyans soudain l'embrassent, luy font feste
En frappant dans leurs mains, & chacun d'eux souhaite
Que sa femme elle fust, affin de l'emmener
Tant sa grande beauté les faisoit estonner.
Ie te saluë Nymphe a la paupiere noire,
Donne qu'en ce combat i'emporte la victoire,
Et pare ma chanson, car memoire i'auray,
Et d'vn autre & de toy qu'en mes vers ie loûray.

Marginal notes:
Venus cômandé en Cypre.
Elle est nee de l'escume de la mer.
Les Heures la receurét.
La parerent.
La menerent vers les Dieux.
Chascû des Dieux la desire a femme.

BACCHVS ou LES
PIRATES.

DE Denys, de Bacchus braue fils de Semele
Ie me ressouuiendray, & ma muse immortele
Chantera la façon qu'on le vit vne fois
Sur le bord de la mer, & de face & de voix
Tel qu'vn adolescent en la fleur de son aage:
Ses cheueux bruns brantloient le long de son visage,
Et vne manteline ou l'ecarlate ouuroit.
Son pourpre precieux ses espaules couuroit.

   Des coursaires alors nauigans en Tyrrhene
Trauersans cest endroit vogoient a voile pléne,
Mais ce voyage fut pour eux malencontreux,
Car l'ayans decouuert, il se firent entre'eux
Vn signal de le prendre: en diligence ils sortent,
L'empoignent sans tarder, dans leur vaisseau l'emportét
Fiers d'vn si bon butin: il est, ce disoient ils,
De quelque riche Prince ou de quelque Roy fils,
Et le vouloient lier: Mais au prix qu'ils le lient
Ses cordes ses liens, se rompent, se delient
De ses mains de ses piez: luy traité en ce poinct
Rioit sous ses yeux nuirs, & ne se bougeoit point:

   Ce qu'ayant apperceu le Patron du nauire
Se tourne vers ses gents & se prend a leur dire.
Miserables, quel Dieu voulez vous garroter?
Ce vaisseau fort qu'il est ne le peut suporter:
C'est pour vray Iupiter ou Neptun l'effroyable,
Ou l'archer Apollon: car il n'est point semblable

Bac-
chus en
forme
d'ado-
lescent
appa-
roist sur
le bord
de la
mer.

Est pris
par des
corsai-
res de
Pyrates
Le veu-
lét lier,
mais les
cordes
se rom-
pent.

Le pa-
tron du
nauire
räse ses
gens de
l'auoir
pris se
doutãt
qu'il e-
stoit vn
Dieu.

Ff iij

Aux terrestres humains, mais aux Dieus eternels
Qui habitent du Ciel les Palais supernels.
Laiſſons le donc aller, remettons le ſur terre
Et ne iettez ſur luy les mains, qu'il ne vous ſerre
D'vn vent impetueux, & pouſſé de courrous
N'émeuue la tempeſte & l'orage ſur vous.

Auquel le Capitaine ainſi dit en colere,
Pren garde au vent ſans plus tant que tu l'as proſpere
Malheureux que tu es, eſten bien ſeulemét
Le voile, & ſois ſoigneux de tout noſtre armement,
Les ſoldats auront l'œil au priſonnier de guerre,
Et tous luy ferons voir l'Ægyptienne terre,
Ou Cypre ou le pays deſſous le Pole mis,
Et nous dira qui ſont ſes freres, ſes amis,
Son pays, ſes moyens, & les biens qu'il poſſede,
Dieu nous l'a enuoyé, il n'y a nul remede.

Ayant ainſi parlé, le nauire tiroit
Et le voile & le maſt, & le vent reſpiroit
Dans le milieu du voile: en fin tout faiſoit rage
De faire ſon deuoir a tirer l'equipage:
Quant tout a vn inſtant vn cas leur apparut
Eſtrange & merueilleux : car le vin pur courut
Au trauers du vaiſſeau, iettant vne odeur telle
Que la peut departir l'Ambroſie immortelle :
La peur, comme la mort les mariniers ſaiſit .
Et tout au meſme temps, au haut du voile on vit
S'elargir vne vigne & ſes branches s'eſtendre,
Et nombre de raiſins s'y lier & s'y pendre :
Autour du maſt encor' on voyoit grauiſſant
Le tortueux lyerre au feuillard verdiſſant,

Le Ca-
pitaine
du naui
re le re
fuſe.

Cas
eſtran-
ges ſur
uien-
nent
dans le
nauire
qui a-
uoit
pris
Bac-
chus.

Que mainte grappe noire agreable enuirone,
Et chascune cheuille auoit vne courone.
Ceux du vaisseau voyans Medede, pressoient fort
Le patron, qu'il prist terre & qu'il les mist a bord :
Mais Bacchus a l'instant dans le vaisseau se change
En lion le deuant, rugit vn cry estrange,
Puis soudain vn grand ours par le mi lieu le fit,
Prodige merueilleux. La trouppe qui le vit
Fut toute hors de soy, luy de cour je soudaine
Se lance au trauers d'eux, & prend le Capitaine,
Les autres, ne craignans de se voir submergez,
Se ietterent en mer, & furent tous changez
En daufins ecailleux : la barque depeschée
Pour le Patron son ame a pitié fut touchée,
Si bien qu'il luy fit grace, & heureux le rendit,
Et pour le r'asseurer ces propos il luy dit.

   Courage bon Patron, ie t'ayme & te reuere,
Ie suis le Dieu Bacchus, & Semelé ma mere
Meslee par amours au puissant Iupiter
A pu d'vn tel enfant dedans Thebe' enfanter.
   Bacchus ie te saluë, ó enfant de Semele
Ie ne veux t'oublier en ma chanson nouuelle.

Marginal notes:
Bacchus se change en diuerses ses façons.

Les mariniers chãgez en Daufins.

Bacchus pardonne au patron du nauire.

A MARS.

Mars tresfort, charge-char, au beau casque doré,
Braue porte bouclier, du rempart emmuré
Garde & conseruateur, couuert d'armes de cuiure,
Main ferme, infatigable, au iauelot deliure,

Marginal note: Epithetes de Mars.

Bouleuard de l' Olympe, a l' aise remportant
La victoire au combat, la iustice augmentant,
Des meschans le tiran, des bons le Capitaine,
Porte sceptre de force, & qui parmy la plaine
De l' air, vas promenant tes cheuaux radieux,

Mars troisiesme des planettes.

Entre les cercles clairs des sept astres des Cieux
Sur le troisiesme rang, oy ma voix ô des hommes
Le secours, conseruant la ieunesse ou nous sommes,
Faisant ton astre beau luire benignement
Au bien de nostre vie, & fauorablement
Dessus nostre vertu & guerriere puissance :

Ce dôt Homere prie Mars.

Puissay-ie ainsi chasser la maligne influance,
Donter de mon esprit l'impetuosité,
Et la deception dont ie suis trop flatté,
Reffrener de mon ame & les feux & l'audace
Qui me poussent a mettre en mon dos la cuirasse
Et a suiure la guerre : octroye moy aussi
Repos en mon esprit, & que ie passe ainsi
Mes iours dessous les loix d'vne paix permanente
Fuyant de mes hayneux l'iniure violente.

SVR DIANE.

C'Est Diane la seur d' Apollon loin-iettant
Que ma Muse en ses vers va loüant & chantant,
Diane ayme-sagette, & vierge chaste & pure,
Et qui auec son frere a pris sa nourriture
Qui ses cheuaux dressez au ioncheus Meleté
De Smyrne, va touchant d'impetuosité,

Au beau char attelez par la pucelle noble,
Iusques dedans Claros au gratieux vignoble,
Ou son frere Apollon ses traits loin dechargeant
S'aßied, en attendant sa seur a l'arc d'argent.
Ainsi ie te saluë & toutes les Deeßes,
Mais ie commenceray mes chants, mes alaigreßes
Et de toy & par toy, & par toy commenceant
Aux autres puis apres mes vers iront paßant.

SVR VENVS.

IE chanteray Venus qui fut en vn pré née,
Par qui ioye aux humains & lyeße est donnée,
Ses amiables riz sont confits en douceurs,
Et si porte tousiours bouquets roses & fleurs :
Ie te saluë icy Reyne de Salamine,
Toy qui vas commandant sur Cypre la diuine,
Donne moy que mon vers d'vn agreable son
Des autres & de toy entone la chanson.

SVR PALLAS.

IE commance a chanter de Pallas, de Minerue
Qui garde les Citez, qui les villes conserue,
Formidable pourtant, a cause qu'auec Mars
Elle se va meslant des guerres, des hazars,
De la destruction des Citez, des alarmes,
Des cris & des combats & des frayeurs des armes,

Dont elle a deliuré, & sauue maintenant
Autant qu'onques le peuple & allant & venant:
Ie te salue. Vierge octroye nous & monstre
Toute ta bonne fortune & heureuse rencontre.

SVR IVNO.

IE chanteray Iunon la Reyne au throsne d'or,
Immortelle, tresbelle, & trespuissante encor,
Dont accoucha Rhea la Deesse honorable,
De Iupiter & seur & femme venerable,
Que les Dieux sur le Ciel veulent tous respecter
Auec vn tel honneur qu'ils font a Iupiter.

SVR CERES.

CEres aux cheueux blöds aux cheueux d'or i entonne
Ceres maiestueuse, en apres Persephone
Ie te viens saluer, Nymphe de grand beauté
Preside a ma chanson, garde ceste Cité.

SVR LA MERE
DES DIEVX.

DE la mere des Dieux & des hommes ensemble,
La fille a Iupiter la sainte Muse assemble
Les honneurs en ce vers, elle a qui plaisent tant
Les sons de la cymbale & du tambour batant,

Les hurlemens des loups & des lions terribles,
Les monts & les forests, & leurs antres horribles :
Sois tu donc Saluée, & auec toy aussi
Les Deesses, d'vn chant semblable a cestuicy.

SVR HERCVLES
cœur de lion.

LE plus fort des humains le grand Hercul' ie louë,
Que le haut Iupiter pour son enfant aduouë,
Et qu'Alcmene, auec luy coniointe par amour
Enfanta dedans Thebe au gratieux seiour.
Qui vagabond errant & par mer & per terre
Subiet à Eurysthé qui luy fit rude guerre,
Receut beaucoup de maux, & si en fit aussi.
Or il vit maintenant sur l'Olympe éclarcy
En ioye & en repos : ayant Hebé la belle
Pour femme & pour espouse en ieunesse eternelle.
  Ie te saluë, Roy de Iupiter enfant,
Faymoy en tout bon heur & vertu triumphant.

SVR ÆSCVLAPE.

C'EST le fils d'Apollon le medecin insigne
Que chante maintenant mon vers, s'il en est digne
Æsculape le Roy, qu'autresfois Coronis
Fille du Roy Phlegie enfanta en Doris,
Lyesse des humains, guerison amyable
Des douleurs & des maux, & secours fauorable,

ô Roy ie te saluë & te suplie aussi
De ietter ton œil doux dessus cest hymne icy.

SVR LES ENFANS
DE IVPITER.

D'Y Castor & Pollux ma Muse ioliete
Enfans de Iupiter, que dessus Taygete
Lede luy enfanta, quant clandestinement
Le haut Saturnien vint amoureusement
La donter par amours descendant de la nuë:
ô tresnobles enfans cet hymne vous saluë
Tyndarides bragars, ô duits a tous trauaux,
Et donteurs excellens des viste-piez cheuaux.

SVR MERCVRE.

A Mercure ie chante vne chanson seconde
Le fils de Iupiter & de Maia la blonde,
(Sur le mont de Cyllene en Prince commandant)
Et sur l'Arcadien en troupeaux abondant :
Le messager des Dieux vtile & proffitable
Qu'au grand Saturnien Maia la Nymphe aimable
Et la fille d'Atlas autresfois enfanta
Par meslange d'amour. Iupiter s'absenta
De la troupe des Dieux, si qu'en cachette il entre
Dans les cachots obscurs de la fraischeur d'vn antre
Et là durant la nuit embrassoit & baisoit
La Nymphe, cependant que Iuno reposoit

Trompant hommes & Dieux d'vne façon secrete
Et ne fut apperceu en son amour discrete,
   Donques fils de Maia & du grand Iupiter
Ie te saluë icy, commenceant a chanter
Par toy, d'autres chansons pour d'autres i'auray cure,
Ie te salue donc ò bien facteur Mercure,
Messager tresprudent des Dieux Olympiens,
Donneur tresliberal de tresars & de biens.

SVR PAN.

DE mon cher pié-de-bouc, le fils du fin Mercure
Qui porte sur le front la double corne dure,
Petulant, ayme bruit, Muse, dy maintenant.
Il se va sur les monts de Pise promenant
Auecques le troupeau des Nymphes Oreades
Qui font sur les rochers saults danses & gambades
L'appellans, l'inuoquans, velu Dieu pastoral,
Crasseux, & qui domine en maint mont & maint val,
Et maint costau negeux sur les roides montagnes,
Sur les rochers moussuz, les plaines & campagnes,
Maintenant alleché de la fraischeur des eaux,
Et puis se reguindant sur les rochers plus hauts,
Ou il se met en guette, & voit ses brebiettes :
Souuent parmy les monts les logis des cheurettes
Et dessus les costaus il monte vitement,
Les ours & les lions tuant & assommant,
Guignant de l'œil agu du plus hault de la roche,
Puis en s'en reuenant quant le Vespre s'aproche

Sur son flageol il dit tant & tant de douceurs
Que l'oyseau qui lamente au printemps porte fleurs
Ne le surpasse point de voix, de melodie :
Les Nymphes des forests qui luy font compagnie
Chantent a la frescheur des eaux en attendant,
Et du mont plus prochain Echo va respondant :
Et le Dieu qui se traine au milieu de leur danse
Et boitassant les suit, batant a leur cadance,
Ayant dessus son dos vne peau tout en sang
D'vn pard (qu'il a tué que luy tourne le flanc.)
Il prend a leurs chansons vne indicible ioye :
Le saffran, l'hyacinth' sur le pré qui verdoye
Se meslent par les fleurs d'vn baume pretieux.
Or' elles vont chantant le haut Ciel & les Dieux,
Tel que ie celebrois naguieres le Dieu sage,
Tout vtile, & qui faict des hauts Dieux le mesage,
Qui vint en Arcadie abondante en ruisseaux
Et mere des brebis (aux delicates peaux :)
Là son Temple est basty sur le mont de Cyllene,
Là de mille brebis abondante en layne,
Combien qu'il fust vn Dieu les troupeaux il paissoit,
Chez vn homme mortel, là encor florissoit
Le vehement amour, l'ardeur desesperee
Qu'il portoit a Dryope a la tresse doree,
Ou la nopce il parfit, auec elle coucha,
Et la Nymphe depuis de ce fils acoucha
Que Mercure ayme tant : ce fils demy-sauuage
Front cornu, pié debouc, de monstrueux visage,
Petulant, trepignant, riant a tout propos :
Nay qu'il fut, le voila soudain sur les argots :

Sa mere le laiſſa de frayeur ¿ perdue,
Voyant ſa mine horrible & ſa force velue:
Mercure alors le prit, ioyeux l'emmaillota
Dedans la peau d'vn lieure, & aux Dieux le porta,
Leur montra ſon enfant: tous en eurent lyeſſe,
Et entre autres Bacchus luy fit treſgrand' careſſe,
Et l'appellerent Pan, (qui vaut tout,) pour autant
(De bonne humeur qu'il eſt) qu'il va tout delectant.
 Ie te ſalue, ó Roy, ie chanteray ta gloire,
Et de toy & d'vn autre orneray la memoire.

SVR VVLCAN.

Mvſe chante Vulcan l'artiſte ingenieux,
 Qui auecques Pallas la Deeſſe aux vers yeux
Aux hommes enſeigna tant de braues ouurages
Qui parauant viuoient comme beſtes ſauuages
Dedans l'obſcur des monts: ores endoctrinez
Par le docte Vulcan, ils ſe ſont adonnez
A brauement ouurer: chez eux en paix ils viuent
En attendant les temps & les ans qui les ſuiuent.
 Vulcan ſois moy propice. (& pour t'auoir chanté)
Donne moy ie te pry force & proſperité.

SVR NEPTVNE.

PHœbus, le cygne doux te chante ſous ſes ayles
 Melodieuſement, deſſus les riues belles

Du beau fleuue Penée, & le pœte portant
La Lyre dous-sonante aussi te va chantant,
Et au commancement, & en fin, & sans cesse,
ô Roy ie te saluë & chante ta hautesse.

SVR NEPTVNE.

Pour vn grand Dieu ie veux ma chanson animer,
　Neptune qui ebranle & la terre & la mer,
A luy qui dans Ægée & Helicon habite
On donne vn double honneur, (& de double merite,)
De dresser dextrement sur terre les cheuaux,
Et de bien conseruer dessus la mer les naus.
Neptune, Marinier humble ie te salue
ô grand ebranle-terre, a la perruque bleuë,
Sois d'vn cœur debonnaire, ó grand Prince des flots,
Et dous & secourable assiste aux matelots.

SVR IVPITER.

Le plus grand le plus fort de tous les Dieux ie chante
　Iupiter au large-œil, dont la force puissante
Qui mene tout a fin, qui de propos amis
Se seant à l'ecart deuise auec Themis.
Saturnien, large-œil, tresgrand, tresformidable,
Sois moy, ie te suply, propice & fauorable.

SVR

SVR VESTA.

Vesta, qui chez le Roy Apollon loin-iettant,
Vas dans son saint Palais de Pythe frequentant,
Tousiours de tes cheueux la douce huille distile,
Vien sur ceste maison, aproche toy facile
Auecque Iupiter, & donne grace au chant
Qu'a ton honneur ia vay sur ma lyre touchant.

SVR LES MVSES
ET APOLLON.

Des Muses, d'Apollon, de Iupiter ie chante,
Des Muses, d'Apollon ont tiré leur descente
Pœtes & Musiciens, mais les Rois couronez
Viennent de Iupiter : heureux & fortunez
Ceux se peuuent vanter que les Muses cherissent,
Car leurs bouches iamais de dous chants ne tarissent :
Enfans de Iupiter, fils & filles aussi,
En chantant vostre honneur ie vous salue icy,
Honorez mes chansons, ie diray vostre gloire,
Et d'autres & de vous mes vers auront memoire.

SVR BACCHVS.

Ie celebre Baccus, & veux le fils chanter
De Semelé la belle & du haut Iupiter,

Bacchus le petillant, qu'vne verte courone
De lierre & de pampre enceint & enuirone,
Que les Nymphes, des mains du pere, cherement
Receurent en leur sein, & puis soigneusement
Dan lses riches vallons de Nysse le nourrirent :
Des ce temps là les Dieux en leur nombre le mirent :
De son pere eslongne cependant il croissoit
Dedans l'antre odorant (ou l'on le nourrissoit :)
Mais quant il fut sorty hors des mains des Deesses
Il se mit a courir par les forests epesses,
De laurier, de lierre enceint & coroné,
Et des Nymphes tousiours par tout enuironé,
Et luy les conduisoit : la forest cheuelue
Resonoit a leurs chants. Ie t'honore & salue
ô Bacchus raisineux, ie te pry donne nous
Qu'en ioye, qu'en plaisir, passans le temps tous dous,
Nous voyons sur nos iours nos heures terminées,
Et nos heures fournir innombrables années.

SVR DIANE.

Diane au fuseau d'or ie chante sur mes vers,
Vierge ayme-chasteté, faisant la guerre au cerfs,
Aux fleches s'egayant, propre seur honorée
De Phœbus Apollon a l'espée dorée,
Qui par les monts hautains & les bois ombrageux
Se plaisant a la chasse, estend ses arcs neruéus,
Et delasche l'horreur de ses fleches soudaines,
Dont tremblent les sommets des croupes plus hautaines,

La forest herissee, au gemissement creux
Des restes qu'elle tue en rend vn son affreux,
La terre en a horreur, & la mer poissonneuse
En resonne au dedans de son eau limoneuse,
Mais elle courageuse au trauers se ruant
Deça dela se tourne assommant & tuant.
Puis apres qu'elle s'est a de plaisir lassée
Elle détend son arc, & s'en vient harassée
Son cher frere trouuer Phœbus le loin-tirant
En Delphes sa maison, ou le bal restaurant
Des graces aux beaux yeux, & des muses pucelles
Elle quitte son arc & ses sagettes belles,
Qu'elle pend au paroy, dessus elle agenceant
Ses habits pretieux : la premiere dansant
Elle mene le bal: les Muses, les Charites
Haussent leurs belles vois, & chantent les merites
De sa mere Latone ayant beau le talon,
Et comme elle enfanta Diane & Apollon,
Dont l'œuure, le conseil, & la prestance excelle
Tout le reste des Dieux de la troupe immortele.
Ie vous salue enfans que voulut enfanter
Latone aux beaux cheueux au puissant Iupiter,
Ie me ressouuiendray de la louange vostre,
Et mon chant n'oublira le merite d'vn autre.

SVR PALLAS.

DE Minerue Pallas la pucelle aux yeux vers,
L'abondante en conseil veulent chanter mes vers:

Minerue qui ne peut permetre se surprendre,
Vierge ayme-chasteté, & qui s'est voulu rendre
Le souster des Citez, Deesse a redouter,
Pucelle teste-née, & fille a Iupiter,
Car sage il l'engendra de son chef venerable
Belle, illustre, doree, en armes redoutable :
Tous les Dieux furent pris d'vn grand estonnement
En la voyant sortir impetueusement
De ce chef immortel: elle brandit sa lance,
Et le Ciel en branla de grande vehemence,
La terre en fit vn son & terrible & afreux,
La mer s'en émut tout au profond de son creux,
Son flot s'en arresta : l'ordinaire carriere
Du fils d'Hiperion qui donne la lumiere
Ses cheuaux arrestez aussi s'en arresta,
Iusqu'a ce que Pallas son armure porta
Telle qu'en ont les Dieux, armure claire & belle
Qu'elle prit en sortant de la teste immortele
A quoy son pere fort se voulut delecter.
Ie te salue donc fille de Iupiter,
Mon chant par cy apres (d'vne immortelle gloire)
Et d'vn autre & de toy chantera la memoire.

SVR VESTA ET
MERCVRE.

Vesta, qui de tousiours sur les Palais hautains
Des Dieux qui ont leurs ans immortels & certais
Et qui dans les maisons de l'humaine lignee
D'immemorial temps as ta place assignée

Et ton grade ancien, a qui lon va faisant
De toute antiquité hommage, honneur present :
Ou iamais du dous vin la liqueur estimée
Ne s'espend que Vesta ny soit tousiours nommee
La premiere & derniere : & toy fils de Maia
Et du grand Iupiter, dont l'espee egorgea
Le pasteur au cent yeux garde d'Io la belle,
Des Dieux tousiours heureux ô messager fidelle,
En bienfaits liberal, au caduce doré,
Habitez en bonheur le Palais azuré
Tous deux a vostre tour. Sois moy propice au reste,
Et me vien preseruer de tout malheur funeste
Tant toy que l'amyable & courtoise Vesta :
Car on scait qu'a tous deux iadis on raporta
D'ouurages grands & beaux l'industrie & sagesse,
Et vous este viuans d'eternelle ieunesse :
Fille du vieux Saturne, & toy Mercure aussi
Portant la verge d'or ie vous saluë icy,
Ie me ressouuiendray de la louange vostre,
Et mon chant n'oublira le merite d'vn autre.

SVR LA TERRE MERE
DE TOVS.

IE diray sur mon lut harmonieux & dous
La terre bien fondée & la mere de tous,
Terre pléne d'honneur, qui donne nourriture
Dessus son large sein a toute creature,
Soit que dessus le sec elle voise marchant,
Soit qu'elle voise l'air de ses plumes hachant,

Soit qu'elle aille fendant les eaus de ses ecailles,
Tresriche a tout cela nourriture tu bailles
ô sainte & venerable, & de toy vont sortans
Bons enfans & bons fruits (ioye au cœur aportans :)
En toy est de donner ou d'arracher aux hommes
Et la vie (& le soufle en la terre ou nous sommes :)
Mais heureux est celuy que tu honoreras
Promptement , & qu'encor de bon œil tu verras,
Rien ne luy defaudra, sa vigne en abondance
En temps luy produira bons vins par excellence,
Ses champs auront & blez & bestail a foison,
Et plene de tous biens se verra sa maison :
Il regira par loix & statuz equitables
Sa cité florissante en femmes amyables,
Richesses & bonheur tousiours l'accosteront,
Ses enfans en ieunesse & beauté floriront,
Et ses filles courans en toute esiouissance
Se trouueront au bal, paroistront en la danse,
Et se ceindront de fleurs, dont tu leur donneras
Abondance, ô Deesse, & les honoreras.
    Femme du Ciel astreux, & des baus Dieux la mere,
Ie te salue icy, ie t'honore & reuere,
Donne ie te suply a mes vers vn dous son,
Et d'vn autre & de toy ie diray la chanson.

SVR LE SOLEIL.

MVse Calliopé recommance & vien dire
Le fils de Iupiter (qui tient du Ciel l'empire,)

Le Soleil, Phaëton, dont Euryphaëssa
La Nymphe aux yeux de beuf autresfois engrossa
Du fils du Ciel aftreux & de la terre mere :
Pource qu'Hiperion encor' qu'il fust son frere
Prit Euryphaëssa & d'elle s'acosta,
Laquelle des enfans tresbeaux luy enfanta :
L'aurore aux bras rosins. & la Lune argentée,
Et le Soleil brillant a la course indontée
Qui iamais ne se lasse, & le pareil aux Dieux,
Qui aux Dieux, aux humains éclare sur les Cieux
Montant sur ses cheuaux : espouuantable il darde
Ses rayons içy bas, & la terre regarde
De son armet doré, ses radieux regars
Sous ses piez eclairans luysent de toutes pars,
Sa iouë sous sa temple & rosine & vermeille,
Et son chef estincele vne ardeur nompareille,
Et ses habillemens sur son corps se mouuans
Tant ils sont deliez repliffent sous les vens,
Ses cheuaux deffous luy : alors viste il decoche
Par le Ciel etoillé son estincellant coche
Dans les eaux d'Ocean : ie te salue, ô Roy,
Et ie chante ton los : ie te pry donne moy
De viure heureusement, par ta louange belle
Commence ma chanson, il faudra que i'appelle
Les demi Dieux qui sont des terrenez venus,
Et de qui par les Dieux les faits nous sont cognuz.

SVR LA LVNE.

Filles de Iupiter, Muses, doctes pucelles,
Dous-parlantes, chantez la Lune aux larges ayles,
Dont la nette splendeur hors de son chef issant
De son immortel feu va la terre embrassant,
Et dont vn lustre beau s'excite & se reueille
Auec vne splendeur & clarté nompareille :
L'air, tenebreux qu'il est, en est tout eclairé,
Ie dy de sa couronne au clair rayon doré,
Et ses eclats lustreux se tournent autour d'elle
Quant des eaux d'Ocean lauée & toute belle,
Ayant pour ses habits luysans & pretieux
Ses cheuaux aux longs crins, elle roint sur les Cieux
Et d'impetueux cours les pousse & les promene
Au soir, quant de son cercle est l'apparence plene :
Quant ses rayons tresclairs du plus haut firmament
Luy sont multipliez, pour signe & iugement
Aux hommes de l'estat auquel elle se montre,
Auec qui Iupiter d'amoureuse rencontre
Se mesla dans le lit, dont grosse elle deuint,
Acoucha puis apres, & Pandée en prouint
Belle entre tous les Dieux. Lune, prompte Deesse,
Aux bras blancs & polis, a la luysante tresse,
Ie te veux saluer : par ton los pretieux
Prenant commancement, des autres demy-Dieux
Ie chanteray l'honneur, au Poëte amyable
Des Muses seruiteur, suiet tresagreable.

SVR LES FILS
DE IVPITER.

MVſes aux noirs ſourcils, venez icy chanter
Les enfans de Leda & du haut Iupiter
Caſtor le cheualier, & Pollux l'incoulpable;
Qui deſſus Taygeto au ſommet effroyable
Meſlée à Iupiter qui d'elle s'accoſta
Au feu de ſes amours, ces freres enfanta,
Gardiens des mortels, protecteurs des nauires
Quant des vents furieux les tempeſtes, les ires,
Bouleuerſent la mer, les mariniers peureux
Aux fils de Iupiter ſont humblement leurs veus
De leur ſacrifier maint Agneau blanc & tendre
S'ils peuuent de leur nef ſur la terre deſcendre :
Le vent qui autour d'eux ne ceſſe d'enrager,
Et les vagues deſſous s'en vont les ſubmerger,
Lors que ſoudainement les Dieux aux ayles rouſſes
Leur viennent apparoiſtre, & de promptes ſecouſſes
S'ebranlent parmy l'air. Les ſoufles orageux,
Les vents fiers & cruels, & les flots outrageux
S'appaiſent auſſi toſt, les tourmentes finiſſent,
Et les Dieux, de la mer les ſillons aplaniſſent,
Aux craintifs mariniers ſignes bons & ioyeux
Pour la fin de leurs maux : qui eſſuyans leurs yeux
De ioye ſont remplis, dechaſſent leur triſteſſe,
Et leur peur leur frayeur à l'inſtant prennent ceſſe.
　　Ie vous ſalue icy Tyndarides gemeaux,
Caualiers excellens, & donteurs de cheuaux,

Mon vers dorefnauant d'une immortele gloire
Et d'aultres, & de vous chantera la memoire.

SVR LES HOSTES.

Ovurez voftre maifon, receuez & traittez
Les pauures eftrangers ô vous qui habitez
La fublime Cité de Iunon l'amyable,
Et qui beuuez les eaux du beau fleuue agreable
Qui luy laue le pié, du fleuue coulant doux
Qui vient de Iupiter, le Hebre au canal roux.

Fin des hymnes d'Homere.

QVELQVES
EPIGRAMMES
ET VERS
d'Homere.

De la version de SALOMON CERTON, *Conseiller, Notaire & Secretaire du Roy, maison & Couronne de France, & Secretaire de la chambre de sa Maiesté.*

Aux Cumains.

Eceuez l'estranger de cõmoditez vuide
ô vous qui habitez Cumes Eriopide
Sise au pié de Sardene, & qui allez beu-
    uant   *(breuuant,*
Des eaux du fleuue beau dont il va s'e-
De Herme le diuin, de profondeur extresme,
Et qui coule & descend du grand Iupiter mesme.

Reuenant à Cumes.

Mes piez, me rendez vous aux gens d'vne Cité
Qui n'ont que promptitude & que sagacité?

Sur Midas.

IE suis vierge de bronze au sepulchre gisante
De Midas : cependant que l'eau court ruisselante,
Que les arbres en haut font monter leur sommet,
Que le Soleil nous luit, & que la Lune met
Ses cornichons brillans, que les fleuues se roulent,
Et sans enfler la mer dedans son sein s'ecoulent,
Ie fay ferme en ce lieu sur ce tumbeau iettant
Force pleurs, & Midas sans cesse regrettant.

Il deplore son aueuglement contre les Cumains.

QVe Iupiter me donne vne fortune amere
Des qu'enfant ie laissay les genoux de ma mere
Qui pudique m'auoit nourry si tendremeut,
Ie vins en la Cité que tant superbement
Le peuple de Phricone au martial ouurage
Excellent & parfait, bastit sur le riuage
Ou le coulant Melete enuoye en mer ses eaux,
Peuple duit au mestier de donter les cheuaux,
En Smyrne Æolienne, ou les filles aymables
De Iupiter, vouloient que mes chants agreables
Se fissent écouter : mais ce peuple peruers
Ne voulut onc ouyr la douceur de mes vers :
Luy donc qui m'a tenu rigueur tant inhumaine
Ne sera pas long temps sans en porter la péne,

Et ie suis resolu de porter, plein d'esmoy,
La fortune que Dieu deploye contre moy :
Mais de vouloir iamais habiter dedans Cume,
Ie n'ay feu ny desir qui mon cœur y allume,
Plustost de m'en aller par le monde courant
Cercher autre pays, vagabond & errant.

Commencement de sa petite Iliade,

DE Troye & d'Ilion ie chante les rempars,
Pour qui souffrirent tant les Grecs, mignons de
Mars.

Du Thestoride. c. Calchas.

NVl dans le fond des cœurs son scauoir mieux ne
guide
Pour penetrer dedans, que le grand Thestoride.

A Neptune.

EScoute moy Neptun', terre-moteur puissant,
Le rouge & spacieux Helicon regissant,
Donne a ces mariniers vent & retour prospere,
Qui m'ont pris en leur nef d'vn cœur si debonnaire,
Et me fais aborder sous le hautain Mimant,
Chez quelqu'vn qui m'accueille en fin benignement :
Et puis vien me venger de l'homme abominable
Qui a saly sa foy son, logis, & sa table.

A la ville Erythrée.

O Terre venerable, & pays de bonté,
Fertile en mille biens, plein de felicité,
Que tu te scais montrer a tes amis humaine,
Et faſcheuſe a ceux là que tu as pris en hayne!

Aux Mariniers.

Matelots, aux fureurs horribles reſſemblans,
Qui viuotans trainez vos miſerables ans,
Craignez, reuerez Dieu, reſpectez l'hoſtelage,
Qu'il ne tourne ſur vous ſon courroucé viſage.

Sur le Pin.

D'Autres arbres auront les fruits bien plus plaiſans
Que le pin ſur Ida haute, expoſée au vents:
Sur luy le fer de Mars fera fente ſoudaine
Quant viendront l'attaquer les hommes de Cebrene.

A Glaucus, cheurier.

G Laucus, gouuerne toy ſelon ces propos miens,
Donne toſt a la porte a manger a tes chiens,

Ce sera le meilleur : car de loin aus aproches
Ils sentent les larrons & les loups aux dents croches.

Contre vne Prophetisse
de Samos.

OY moy qui te suplie ó fille nourrissant,
Ceste femme ayt horreur de lâge florissant,
Et de l'amour des vieux son ame soit éprinse,
Dont le vouloir est bon, mais dont la force est grise.

Sur la maison du Conseil, ou sur
la maison de ville.

LEs enfans sont du pere & le lustre & l'honneur :
Les tours, de la Cité : les cheuaux de valeur
Sont la gloire d'vn champ : les barques de vitesse
Sont l'honneur de la mer : des maisons, la richesse :
Les venerables Roix au conseil assistans
Sont de tous leurs suiets les lustres éclatans :
Mais la maison de ville ou le conseil s'assemble,
Luit sur fils, tours, cheuaux, nefs, tous, & Roix ensëble.

Le Fourneau.

IE chanteray pour vous si vous me payez bien
Potiers : Sainte Pallas vien fauorable, vien,
Et beny ce fourneau : que les Pots, les Bretines,
Les réchaux, les goublets, les Plats & les Terrines

Et tout ce qui est mol le seche doucement,
Et petit a petit durcisse galamment,
Affin que du Potier l'artifice en remporte
Et lyesse, & proffit & gain en toute sorte,
Par foires par marchez les portant, les vendant :
Somme, fay qu'il soit riche & moy sage & prudent
   Mais si changeant d'humeur aultrement se rencontre,
Que dessus ce fourneau vienne tout malencontre,
Que le rouge poussier du charbon s'enflammant,
Que la chaux qui s'esteind tresdifficilement
Puisse perdre & bruler ce malheureux ouurage :
Que le malheur des pots iette sur luy sa rage
Et corrompe le tout : que ce qui fait casser,
Ce qui est ferme & dur, le vienne despesser,
Froisser, rompre, gaster tout cest art miserable,
Emmesle & brouille tout, & la race damnable
Des Potiers en lamente : & ainsi que les dens
Des cheuaux en craquant vont rompants & mordants,
Le fourneau les derompre, & saccage, & d'estruise,
Mette tout en morceaux, tout en piece d'ebrise,
Que sur ce lieu Circé la fille du Soleil,
La scauante en poisons, par son art nompareil
Ses sortileges faux, & ses breuuages verse,
Et leur ouurage & eux perde gaste & renuerse :
Que sur ce lieu Chiron & sur ouurages tels
Face venir soudain les Centaures cruels
Qui cheurent sous les mains du magnanime Hercule,
Dont l'effort ruineur brise, consume & brule
Et matiere & fourneau. Le voyant les Potiers
En deplorent leur perte & degasts tous entiers :

                          Et moy

Et moy de mon costé Me riray de leur perte
Pour l'incommodité qu'ils en auront soufferte.
Et qui se courbera pour regarder dedans
Qu'il se brule & rostisse en leurs charbons ardans :
Si que ceux qui orront parler de cest affaire
Se repentent du mal, & taschent a bien faire.

Eiresione, ou Rameau d'oliue
entortillé de laine.

Nous sommes arriuez , (courant & tracassant,)
Dans la maison d'vn homme epulāt & puissant
Dont le pouuoir est grand , dont la fortune est forte.
Au reste, qu'on me donne, & qu'on m'ouure la porte.
Icy puissent tousiours entrer heureusement
La richesse, la ioye & le contantement
Auec la bonne paix : les vaisseaux s'y remplissent ,
(Et rempliz qu'ils seront iamais ne se tarissent.)
Que la blanche farine & le gasteau plus fin.
Dans l'abondante met s'y pestrissent sans fin.
La brus de la dedans en carrosse se mene ,
Le couple de mulets au logis la ramene
Gras reffaits & diposts , & soit assise encor
Son ouurage tissant & sur l'ambre (& sur l'or.)
  Ie reuiendray a toy, (ô maison fortunee,)
Ie reuiendray a toy au bout de chasque année
Ainsi que l'arondele en ton plancher nichant
Et dessous ton couuert (au printemps) se perchant

H h

Si tu donnes ou non : fay selon ton courage,
Ie ne puis pas icy demeurer d'auantage.
Car de desirer plus seiourner en ce lieu
Ce n'est pas mon humeur, mais de te dire adieu.

A des Pescheurs.

Vos peres furent tels, ils n'eurent labourages
Et leurs trouppeaux n'alloient en grand foule aux
    pascages.

FIN DES POEMES D'HOMERE.

LOS ME CORONANT.